Jeanne-Sara FONTAGNÈRES

POUR LES YEUX
DE
MARIA GUADALUPE

Roman

Les Presses du Midi

À paraître aux éditions Les Presses du Midi :

"Il m'attendait"

Impression PDM

121, avenue d'Orient - 83100 Toulon
Tel. : 04 94 16 90 20 - Fax : 04 94 16 90 29
Dépôt légal septembre 2003
ISBN : 2-87867-503-7

À Maria Guadalupe,

Avec tes yeux et ton sourire,
en toute innoncence,
tu m'as pris la main
et m'as tracé un nouveau destin.

Jeanne-Sara

PREMIÈRE PARTIE

LA SURPRISE

En ce début d'après-midi du vendredi 13 juillet à Nice, la chaleur était à son paroxysme. Nino lisait attentivement une revue dans la fraîcheur de son bureau. Soudain, Micha pénétra dans l'appartement, telle une tornade, un sourire à rendre jalouses les meilleures marques de dentifrice et, à l'attention de son mari, s'exclama tout en lui brandissant une revue :

- J'ai une surprise pour toi chéri !

Nino prit connaissance de l'annonce encadrée :

“Le cercle littéraire de la ville de Nice aura l'honneur d'attribuer le prix du meilleur roman le 18 novembre 2002.”

Devant son mutisme, elle s'approcha de lui et tendrement murmura :

- Tout le monde se rappelle ta célébrité. Le talent cela ne se perd pas Nino.

Puis, à nouveau euphorique :

- T'imagines-tu ma renommée en conséquence? Je ne serai plus simplement une pianiste reconnue mais aussi l'épouse du grand romancier!

Puis, à travers deux éclats de rire en cascade :

- À tout à l'heure chéri! Ciao! Ciao!

Le claquement de la porte laissa Nino pantois.

* * *

Remarquant son air soucieux inhabituel, Michel, un des secrétaires de l'entreprise exprima son étonnement à Nino :

- Une inquiétude ?

- Je n'écrirai plus, c'est certain! Micha peut bien s'agiter dans tous les sens, cela ne changera rien à ma décision. Concourir pour obtenir un prix littéraire afin d'alimenter les conversations de son fan club, non, merci!

Tels étaient les propos qu'il venait d'alléguer d'une seule traite à son collègue de bureau.

* * *

Depuis quelques années, Nino avait tiré un trait sur son passé douloureux. Pour exorciser ses souffrances il s'était mis à écrire avec l'énergie de son désespoir comme d'autres se seraient mis à boire. Persuadé de n'avoir aucun talent, il avait rédigé plusieurs manuscrits sans en attendre quelconques félicitations. Puis, malgré lui, les prix littéraires s'étaient accumulés. Cependant, il s'était vite lassé de ces mondanités et avait posé définitivement son stylo pour accéder au monde des affaires.

Né dans une famille d'enseignants à Paris, après des études philosophiques Nino avait achevé son parcours par l'écriture pour occulter un passage difficile de sa vie affective. Puis, les concours de circonstances lui avaient fait rencontrer le directeur des aciéries Lefort qui, intéressé par la psychologie de ses livres, lui avait proposé un poste important dans son entreprise.

Son titre de "public-relations" consistait à analyser, gérer, motiver, aider et former psychologiquement tout le service du personnel à Nice ainsi qu'à l'étranger où se trouvaient les succursales.

Suite à un divorce mouvementé, il avait changé de ville et de vie sociale. Il y a quatre ans, il avait épousé Micha rencontrée lors d'un anniversaire.

Très belle Italienne de 42 ans au tempérament de feu, premier prix du conservatoire de musique, ses mains douces et fines dansaient sur le piano pour le plus grand plaisir de ses nombreux admirateurs.

* * *

Aujourd'hui, Nino se révoltait devant l'insistance de son épouse à vouloir obtenir de lui, un roman supposé à succès, sous prétexte qu'un grand concours était organisé par le cercle littéraire de la ville.

Micha aimait les cocktails, les poignées de mains serrées et les félicitations. Toilettes de grands couturiers, parfums et bijoux griffés, résumaient à eux seuls ses priorités. Talentueuse au piano comme dans la vie, elle aimait plaire et ne se lassait pas des regards admiratifs.

Mais rien de tout cela ne réjouissait Nino. Il aimait trop l'aventure de la vie, pour se laisser accaparer par des honneurs qu'il notifiait de pacotille. D'autres professions bien plus glorieuses méritaient à ses dires des reconnaissances : être disponible pour les autres, les aider à affronter la vie, la maladie, ça oui méritait bien des honneurs. Mais écrire ! Il suffisait d'apprendre ! Trois sous de talent, un peu d'écoute, une héroïne, des promesses de bonheur, une bonne morale et le tour était joué. Qu'est-ce qui était vrai, qu'est-ce qui était faux dans les livres ?

Nino connaissait une histoire vraie. Même sans ponctuation et sans mot savant académique, elle avait le mérite d'être la sienne et il voulait la protéger.

* * *

Après une journée bien remplie il se résolut à écouter Micha dans le salon de thé très bourgeois où elle interprétait des airs des années 1900.

Lorsqu'elle le vit s'immiscer dans la salle, certaine qu'il avait une fois de plus cédé à ses désirs, ses yeux s'illuminèrent.

Tout en jetant un regard complice vers lui, d'un petit air mutin elle interpréta son air préféré *Allegro Vivace* de Schubert et prononça en sa direction un « merci » que lui seul pouvait comprendre.

Il esquissa un sourire entendu à Micha puis se leva. Il avait besoin de respirer à l'air libre et de marcher.

Les mains dans les poches, il déambula dans les rues étroites de la vieille ville avant d'accéder place Masséna. La grande fontaine ensoleillée vomissait sa cascade avec vacarme tandis que de nombreux enfants jouaient à s'asperger. Des chaises çà et là dispersées permettaient à celui qui le souhaitait d'effectuer une pause cosmopolite. Nice était sa ville fétiche et il l'aimait pour tous les bonheurs qu'elle lui avait apportés.

Comment vais-je lui annoncer mon refus d'écrire pour quelque concours que ce soit ? Pourquoi soudain ce désir d'un prix littéraire ?

Les honneurs sont-ils à ce point importants pour Micha ? s'interrogeait-il.

Tout à ses réflexions il se retrouva, sans presque s'en rendre compte, assis sur un banc au soleil. Il revit le film de sa vie conjugale avec Micha : pas une ombre à leur bonheur.

Nino avait cessé d'écrire juste avant leur mariage et avait accepté ce poste qui, avantage non négligeable, leur permettait de voyager ensemble. Micha donnait des cours de piano et de nombreux récitals.

Après mille et une pensées il en retint une : celle d'inviter sa femme le soir même à "L'Écailler" un restaurant en bord de mer, qu'elle affectionnait tout particulièrement.

Au son de la musique douce ils pourraient plus facilement échanger leurs points de vue. Elle comprendrait.

* * *

Tout l'éclat et la lumière de l'Italie étaient dans ses yeux noirs. Sa lourde chevelure bouclée encadrant son visage, lui donnait un air enfantin, en harmonie avec sa bouche aux mimiques boudeuses. Son parfum subtil annonçait discrètement son passage. Sa peau bronzée mise en valeur par une très belle robe turquoise d'un grand couturier, rehaussée d'un bijou du même ton, ne laissait personne indifférent.

Décoré dans les tons pastel et ocre, il émanait de ce restaurant une ambiance chaude et raffinée. Les nappes juxtaposées tons sur tons, la vaisselle sobre mais recherchée à la fois, laissait présager de délicieux mets à déguster.

Sous les yeux admiratifs et rieurs de son mari, Micha narrait les dernières extravagances de ses admirateurs en jouant de son index sur le rebord de la coupe de champagne à l'instar de Marylin Monroe. Nino ne se lassait pas de ses mimiques de la femme enfant qu'elle était.

Afin de ne pas retarder le moment crucial de la soirée, il lui prit tendrement la main pour y déposer un baiser :

- Micha, tu sais combien je t'aime et combien j'aime à satisfaire tous tes désirs mais pour la première fois je ne peux exaucer ton souhait.

Ma chérie, je n'écrirai plus jamais car...

Soudain une ombre s'immobilisa au-dessus de leur table. Nino eut un geste agacé envers celui qu'il croyait être le maître d'hôtel et leva les yeux. Son regard resta figé d'étonnement, fixe, incapable de croire, d'oser en croire ses yeux.

- Maximin ! Mais..., mais... que fais-tu là ?

Ce ne pouvait être vrai, ce n'était pas possible ! Mais plus il écarquillait les yeux, plus le sourire de Maximin forçait l'évidence.

Tous deux s'étreignirent comme il y avait quatre ans, lorsqu'ils s'étaient séparés sur le port de Marseille.

- Incroyable ! Incroyable ! répétaient-ils à l'unisson.

Tout à sa joie Nino se retourna vers Micha et dit d'un seul souffle, dans le désordre de l'émotion :

- Ma chérie, je te présente mon ami d'enfance ! Il vit au Sénégal, enfin c'est ce que je crois, car je n'ai plus de ses nouvelles depuis quatre ans et il n'a même pas répondu à l'invitation de notre mariage !

Puis s'adressant à Maximin :

- Pourquoi ne m'as-tu pas averti de ton arrivée ? Depuis quand es-tu là ? Excuse-moi, je te présente Micha ma femme.

- Nino marié ? Venez que je vous embrasse, vous avez épousé un homme étonnant !

- Nino m'a souvent parlé de vous, je ne vous voyais pas aussi grand.

- Pourtant il y a bien longtemps que j'ai cessé de grandir.

Le chef de rang les interrompit :

- Combien serez-vous à dîner ?

Ignorant la question du serveur, Maximin poursuivit :

- Je suis avec un ami, nous sommes arrivés hier au soir d'Argentine. Pour tout te dire, notre voyage t'est consacré, car non seulement tu es mon ami d'enfance mais tu fais partie de nos projets.

Micha et Nino se regardèrent surpris, tandis que le chef de rang tapotait impatiemment sur son carnet.

- Nous serons quatre. Merci de nous apporter la carte des apéritifs, dit Nino.

La soirée, parsemée de récits de voyages colorés et de bons vins, donnait du rose aux joues de Micha qui, extrêmement attentive, écoutait Maximin et Georges son ami narrer leurs aventures.

Soudain plus sérieux Maximin questionna :

- Voulez-vous que je vous communique notre projet ?

Sans en attendre la réponse, il poursuivit :

- Nous souhaitons créer une association d'écrivains bénévoles au profit des enfants du tiers-monde. Grâce à ta renommée et ton talent, nous sommes certains de réussir. Voilà la raison de notre présence en France.

- Tu veux éditer des livres pour ces enfants ? Mais bien souvent ils ne savent pas lire.

- Non, ces livres seraient destinés à un public d'enfants francophones et les bénéfices permettraient d'offrir des salaires à des professeurs afin de faire évoluer l'enfance du bout du monde. Nous souhaitons appeler notre association "Nino por los niños" ce qui signifie "Nino pour les enfants".

- Vraiment bravo ! je te remercie beaucoup d'avoir pensé à moi dans le cadre de ce projet, mais...

Un rire cristallin venu du bout de la table, troubla le sérieux de la conversation. D'un seul bloc, tous trois tournèrent leur tête, comme surpris par la balle de match d'un tennisman.

Micha consternée, la main devant la bouche, réussit à dire entre deux sursauts :

- Excusez-moi !... Vous ne pouvez pas comprendre.

Nino après quelques secondes de silence, embarrassé s'adressa à Maximin :

- Je reconnais que la situation a un côté absurde. À l'instant même où nous nous sommes retrouvés, je déclinais une proposition littéraire à ma femme.

Puis, se retournant vers Micha :

- Je suis désolé ma chérie.

Claquant d'un geste sec ses mains l'une contre l'autre, il s'adressa à Maximin :

- Je suis dans les affaires et ce depuis trois ans. J'ai une position importante au sein d'une société et ne peux me permettre en aucun cas de diminuer ma tâche. Cela peut paraître égoïste ou excessif de dire cela, mais je tiens avant tout à préserver mes idéaux personnels : en l'occurrence celui d'aider les autres et si je peux y arriver grâce à mon travail, c'est pour moi une véritable consécration. Écrire demande du temps et du temps je n'en ai plus.

Georges manifesta très maladroitement son opinion :

- Si je résume votre réponse, notre démarche vous importe peu, donc vous maintiendrez votre décision ?

Surpris par cette remarque acerbe Nino n'en fut pas moins diplomate :

- Excusez-moi Georges, mais je n'ai l'honneur de vous connaître que depuis quelques minutes. Si je refuse cette proposition qui me va droit au cœur, c'est pour des raisons fondées. Beaucoup de personnes ont besoin de ma formation dans cette entreprise.

Soudain d'une petite voix fine Micha murmura :

- Si je savais écrire, cela me passionnerait.

Georges, sans même prendre le temps de respirer, rétorqua électrisé :

- Mais tout s'apprend, même écrire !

Un ange traversa la salle. Nino décontenancé alluma sa pipe pour éviter de répondre immédiatement, puis serein questionna :

- Sur quel sujet écrirais-tu ma chérie ?

Comprenant l'importance qu'elle venait d'acquérir aux yeux de Georges, pour maintenir le suspens, elle posa sa cuillère et but lentement une dernière gorgée de café :

- Je visiterais des pays et j'écrirais toutes mes aventures accompagnées de superbes photos.

Nino l'avait écoutée sans l'interrompre. Les yeux posés sur elle, un sourire légèrement moqueur sur le visage, il insista :

- Tu voyagerais seule ?

Georges ne démordant pas de son idée, ne laissant pas le temps à Micha de se manifester, s'exclama, euphorique :

- Bien sûr ! Et vous garderiez le pseudo de Nino !

Maximin croisa le regard de Nino et ne fit aucun commentaire. La conversation reprit sur un sujet différent, en l'occurrence sur le marché des antiquités.

D'un commun accord ils se séparèrent après le digestif, et prirent rendez-vous pour le lendemain afin de réfléchir plus posément à leur projet.

Micha regardait Nino d'un air malicieux :

- Georges croit en moi, et toi ?

- Micha nous en discuterons chez nous, murmura-t-il à son oreille tout en l'aidant à couvrir ses épaules d'un châle en dentelle.

Micha était toujours très fière d'être au bras de son mari. Son allure distinguée, sa carrure imposante et ses yeux gris bleu ne laissaient aucune femme indifférente, mais c'était sa voix douce et posée qui avait conquis le cœur de Micha.

* * *

LA RENCONTRE

Le lendemain, Micha n'avait nullement envie de revoir Maximin et son ami. Nino n'approuvant pas son attitude l'accusa de fuir. Sans répondre à ses griefs, elle s'apprêta malgré tout à sortir.

Après une courte hésitation à sauter dans un taxi, n'aimant pas la proximité d'inconnus dans les autobus, elle enfila ses baskets et son petit sac à dos pour rejoindre le centre ville. Un peu de marche l'aiderait à réfléchir en ce matin du 14 juillet.

Pour un instant, elle se sentait redevenir l'étudiante qui, quelques années auparavant, franchissait l'entrée du conservatoire, symbole de la musique et des arts.

Après une longue marche, elle parvint à la Promenade des Anglais. Elle s'assit sur le parapet pour reprendre son souffle, tout en contemplant la mer d'un bleu teinté de gris, et reconsidérer sa proposition de la veille.

“Qu’est-ce qui m’a pris de me donner en spectacle hier au soir ? Je suis incapable d’écrire et de voyager seule !” Telles étaient les pensées qui l’obsédaient.

Un homme soudain s’approcha d’elle et murmura avec un petit accent :

- Touriste ? Niçoise ?

Elle se retourna vers la voix.

- Pardonnez-moi, continua-t-il mais je vous observe depuis un moment, vous avez l’air si solitaire !

Elle considéra son short, ses jambes nues, et reconnut qu’il n’avait pas tout à fait tort ! Elle avait le parfait look de la touriste et se sentait bien seule devant ses propos insensés tenus la veille.

- Marco Ventura, journaliste.

À cet instant même une troupe de parachutistes, interrompant leur bavardage, défila dans un ordre impeccable. Le regard imperturbable des soldats se fixait sur un point précis invisible à l’horizon, droit devant eux. Le pas des hommes, réglé à la même longueur, d’une cadence unique offrait à tous ces corps d’humains une seule et même forme et donnait l’impression de respirer d’un même souffle.

L’image qu’ils offraient fascina Micha :

- Que croyez-vous qu’ils pensent en cet instant ?

- À ne pas se casser la figure, déjà ! Et à leur maman qui les apercevra peut-être sur leur écran de télévision.

Son humour plut à Micha.

Elle se retourna pour se présenter :

- Micha, Niçoise.

- Enchanté. Le spectacle vous plaît ?

- Ce n'est pas ainsi que je préfère Nice. C'est une ville tellement magique lorsqu'on la connaît !

Elle avait très envie de boire un café et fendit la foule du mieux qu'elle le put, pour se rendre dans un bar loin de l'agitation.

Marco courut et lui saisit le bras :

- Ah ! non ! vous n'allez pas disparaître comme ça ! J'ai eu un mal fou à vous rattraper !

- J'ai besoin de calme.

- Vous avez juste besoin d'une pose dans un endroit sympa. Venez ! Je connais un salon de thé dans une rue tranquille, vous me parlerez de vous Micha.

Après la grande marche du matin elle apprécia le fauteuil confortable.

Marco enthousiaste s'exclama :

- Je suis certain que vous aimez le chocolat. Je vous offre des choux au chocolat !

- Vous n'abandonnez jamais, vous êtes sûr de vous, n'est-ce pas ?

Sans attendre la réponse de Micha il commanda deux cafés et deux profiteroles.

Trouvant la situation cocasse, elle se prit au jeu et lui raconta brièvement quelques anecdotes amusantes de sa vie de musicienne sans entrer dans les détails, puis :

- Vous comptez écrire un article ? Vous me manifestez un intérêt de journaliste en quête de sujet. Figurez-vous que je ne sais pas écrire mais je tiens un sujet !

Puis, brandissant la petite cuillère, elle continua :

- Et je me gave de chocolat en compagnie d'un inconnu qui m'écoute avec indulgence.

- Vous êtes une femme heureuse de vivre, cela se voit. Vous êtes très belle.

- Je suis surtout très mariée. Marco on va mettre les choses au point tout de suite. Vous êtes très sympathique et votre métier me passionne mais j'aime mon mari.

- Mais je ne vous fais pas la cour... En tout cas pas encore ! Vous croyez à l'amitié entre un homme et une femme n'est-ce pas ?

- Absolument.

- Bon, eh bien ! ce petit dilemme réglé, on peut continuer sur de bonnes bases !

Marco parlait sur un ton désinvolte, au-delà duquel Micha ressentit une certaine gravité même s'il s'exprimait calmement.

- Et vous ?

- Moi ?

- Oui, vous ! Vous êtes ici près de moi en cet instant précis. Vous me commandez des pâtisseries, vous vous intéressez à mon existence. Mais qui êtes-vous ?

Il lui sourit, puis songeur retraça les grandes lignes de sa vie :

- Mon parcours est très ordinaire. Après quelques études de langues étrangères à Londres j'ai obtenu un poste d'interprète dans un ministère. J'y ai passé trois années. J'ai beaucoup voyagé, beaucoup appris. Un jour, je suis allé chez les parents de mon épouse en Italie ; après toutes ces années à courir, à foncer droit devant, et à ne penser qu'à me consacrer à ma carrière, j'ai eu envie d'y rester. Depuis j'ai eu deux enfants qui ont entrepris de belles études et je suis journaliste pour un magazine italien à tendance politique. Très exceptionnellement pour des manifestations importantes, je dépasse les frontières, comme aujourd'hui, pour votre fête Nationale.

Puis plongé dans ses réflexions rajouta :

- L'instant le plus passionnant dans ce métier, c'est celui où je crois ressentir une lueur de sincérité dans les propos de mon interlocuteur, comme avec vous ce matin. Vous êtes si naturelle !

Micha remarqua pour la première fois combien ses yeux étaient beaux. De vraies perles noires brillantes dans un écrin de longs cils noirs. Ses cheveux épais et très bruns lui donnaient un charme supplémentaire. La petite cicatrice au coin des lèvres et sa voix grave chantante, ne réussissaient pas à lui ôter cet air enfantin qui attendrissait Micha.

Cela aurait pu être un ami sincère, pensait-elle, puis soudain après avoir posé les yeux sur l'horloge de la place :

- Marco vous êtes un homme passionnant, mais il va falloir que je rentre chez moi, on m'attend.

- Micha ! Tenez !

Il lui tendit une carte de visite, la dernière qui lui restait, en y griffonnant très rapidement son numéro de portable.

- Lorsque vous voudrez parler ou boire un café, n'hésitez pas. Même si une frontière nous sépare nous n'habitons qu'à quelques kilomètres.

Puis, déjà à distance :

- Vous avez oublié de me donner le sujet de votre livre ! J'attends votre appel, je crois que nous avons des tas de choses à nous raconter. Rappelez-vous Micha, il n'y a pas de hasard !

- Promis Marco !

* * *

- Vous en avez pour minimum trois semaines d'immobilisation !

Tel était le verdict du médecin qui venait de déceler une fracture à la cheville de Micha.

Revenue par des chemins raccourcis dont elle détenait le secret, elle n'avait pas vu cette marche cachée sous un épais feuillage et sa jambe avait glissé sans qu'elle puisse se raccrocher à une quelconque branche. Elle avait souffert le martyre pour rentrer chez elle.

Une semaine s'était écoulée depuis l'accident et les journées lui semblaient de plus en plus longues. Pour combler ce vide elle entreprit de lire, plus par curiosité que par souci d'introspection, quelques livres de Nino et autres écrivains psychologues et philosophes.

Après avoir dévoré trois ouvrages d'auteurs connus en la matière, lentement une remise en question opérait en elle. Elle se plaisait à relire cette phrase jusqu'à ce qu'elle devienne sienne : « *C'est le cœur des cœurs qui se trouve au plus profond de notre être, entre les battements de notre cœur, qui se nomme moi.* »

Elle prenait conscience qu'avant d'atteindre ce stade de quiétude, elle devrait arrêter son flot de pensées qui ressemblait à des vagues remontant la vase à la surface. Cela lui demandait de la volonté, de la concentration et de la patience. Mais de ces trois vertus, la volonté était la seule qu'elle possédât. Cependant, au fil des jours, elle acceptait mieux cette immobilisation et s'abandonnait à ces moments de tranquillité forcée avec plus de sérénité.

Étant musicienne, elle connaissait bien cette connexion entre le cœur et la tête. Elle était "une avec la musique", mais apprenait que l'on pouvait l'être aussi avec soi-même. Cette découverte la transporta.

Consciente de cet état d'esprit, elle était prête, le temps de son immobilisation, à effectuer un premier pas vers la sagesse.

En cette fin de journée, Nino comme à son habitude, à peine son cartable posé, embrassa sa femme avec tendresse :

- Comment va ma douce ?

Je vais beaucoup mieux pour deux bonnes raisons : demain on m'ôte le plâtre ! Puis, je te confierai un secret lorsque tu auras un peu de temps à me consacrer.

- Peux-tu attendre la fin de la soirée ? Je serai beaucoup plus disponible.

* * *

Le grand canapé confortable, rouge carmin dans lequel était installée Micha, dominait le salon en camaïeu de rose. Tout l'appartement représentait son charisme. On pouvait admirer des objets anciens venus de leurs nombreux voyages adoucis à chaque fois par une touche féminine. Tantôt une fleur, une poupée ou un objet insolite était posé non loin d'eux, comme pour ôter le caractère lourd ou trop sérieux qu'ils reflétaient.

Nino rejoignit Micha et ses mains dans les siennes s'exclama, enjoué :

- Un bon bain, un bon dîner, et me voilà tout à ton écoute ma douce !

- Tu me promets d'être attentif ?

Nino recula la tête avec une petite moue qu'elle traduisait par : *"Ne trouves-tu pas que je le suis, c'est ma plus grande qualité"*.

- J'ai pris le temps de lire quelques-uns de tes livres. J'ai été troublée.

Puis, sans transition murmura :

- Tu m'aideras à écrire le mien ?

- Micha ne te disperse pas, continue à me parler de toi.

- Voilà... comment t'expliquer... je voudrais devenir ce que je suis au fond de moi ! Bien souvent beaucoup plus fragile que je ne le montre.

Puis après un instant de silence :

- J'ai eu le temps de beaucoup réfléchir : si sous le prétexte d'écrire un livre j'avais l'opportunité de voyager seule ? Loin de ceux qui me connaissent, au milieu des étrangers, je serais plus facilement "moi", parce que je n'aurais rien à prouver à personne. Comprends-tu Nino ?

Puis, minaudant comme un chaton :

- Et si tu n'aimais pas cette Micha ?

Sans lui laisser le temps de répondre, comme un moulin dont on ne peut arrêter le débit, comme une petite fille qui raconte ses rêves, elle reprit plus sérieusement :

- Je cheminerais simplement, contrairement au luxe auquel nous sommes habitués, et si je trouve un piano sur mon chemin je jouerai incognito pour le plaisir des autres, non pour des applaudissements.

Le mouchoir en papier qu'elle tournait autour de ses doigts n'était plus que lambeaux et articula tout en le regardant :

- Ça, c'est moi maintenant !

Nino s'approcha d'elle tendrement :

- J'ai toujours su qui était la véritable Micha. Je t'ai toujours vue sans le masque. Prends ton temps ma chérie, ne décide rien à la légère. Tu peux déjà commencer à être "toi" pour reprendre ton expression, sans partir si loin.

- Lorsque j'ai proposé d'écrire un livre j'ai cru un moment que mes propos avaient été stupides mais aujourd'hui après mûre réflexion, je pense que cela me serait bénéfique. Tu m'aideras pour l'écrire ?

Éludant la réponse il demanda :

- As-tu déjà songé à la destination de ton premier périple ?

Sans hésiter elle répondit exaltée :

- Le Mexique. J'ai toujours été passionnée par ce peuple. Je voudrais découvrir les sites Mayas, les Indiens, leur culture, leurs coutumes.

- En ce qui concerne le livre, on en reparlera à ton retour.

Micha resta muette d'émotion.

Ainsi Nino sous ses airs dubitatifs était convaincu de ce voyage ? Il croyait donc à un futur livre ?

* * *

LA DÉCEPTION

Micha avait une immense facilité à accueillir les illusions. En ce dimanche matin, deux mois après la rencontre avec Maximin, elle s'était approchée du bureau de Nino pour y consulter le planning de ses concerts. Lorsqu'il la vit s'asseoir sur le siège y attenant, il posa nerveusement sa tasse de café et d'une voix enrouée, d'émotion ou d'un reste de sommeil, on n'aurait su dire, il s'exclama d'un ton autoritaire qui lui était inhabituel :

- Tu ne déjeunes pas ? Viens t'asseoir ici.

Micha étonnée, comme un automate, le rejoignit à table sans répliquer.

Nino parlait à mots précipités, commençait une phrase, s'interrompait, rougissait puis, énervé, ramenait sans cesse les pans de sa robe de chambre. Sans un mot, il se leva pour se diriger vers son secrétaire.

- Quelque chose ne va pas Nino ? Tu es contrarié ?

Il rassembla les documents posés sur son bureau, les enferma à clé dans son attaché-case, et répondit :

- Excuse-moi, je suis submergé de travail en ce moment.

Micha n'était pas une femme qui se méfie de tout, pas plus qu'elle avait tendance à exagérer les situations et en déduisit que le surmenage lui jouait un tour.

Elle comprenait cependant qu'il venait de se passer quelque chose d'insolite entre eux et ce pour la première fois.

Lorsqu'elle consulta son agenda, elle constata avec une pointe d'agacement qu'elle avait de nombreux engagements pour ses concerts. Son voyage au Mexique serait certainement retardé si elle n'arrivait pas à se désister. Cependant, une tendre pensée vint adoucir sa contrariété lorsqu'elle nota son prochain récital pour Milan. Une impulsion soudaine lui donna envie d'appeler Marco pour lui annoncer son passage. Après mûre réflexion elle se ravisa, considérant qu'il n'était pas raisonnable d'avoir une relation d'amitié, tout innocente fût-elle, sans en informer Nino.

* * *

- Je possède des multitudes de stylos mais je n'en trouve jamais un lorsque je suis pressée par le temps !

- Mais que t'arrive-t-il Micha ? criait Nino depuis la salle de bains.

Après avoir fouillé dans tous les tiroirs et lâché quelques jurons en italien, à la recherche d'un quelconque crayon pour noter un rendez-vous important, Micha ouvrit en dernier recours le cartable de Nino.

"Livre Maximin", tel était le titre noté sur l'arête du dossier. Curieuse elle l'ouvrit et stupéfaite s'appuya contre le mur, tant le dossier la saisissait.

En retard comme à son habitude, Nino s'exclama depuis le couloir, tout en enfilant sa veste :

- Je n'ai plus le temps ! Que t'arrive-t-il ma chérie ?

Surpris de ne point l'entendre, il se retourna.

Ravalant des larmes de colère mêlées de déception, Micha articula d'une voix forte en lui montrant le dossier :

- Toi, Nino, tu es donc capable de me trahir ?

- Micha ne te mets pas dans des états pareils ; c'est juste pour t'aider. À t'entendre, on croirait que je t'ai trahie avec une autre femme !

- Je préférerais ! hurla-t-elle.

- Ah ! Bon ? Tu me donnes une idée.

- D'habitude j'ai le sens de l'humour mais je trouve le tien détestable ce matin !

Elle poursuivit en colère :

- Pour soi-disant m'aider, tu écris un voyage virtuel ! Tu ne me laisses pas la moindre chance de me réaliser. Tu ne crois pas en moi, tu me trouves incapable, n'est-ce pas ? Toutes les promesses de l'autre soir, c'était donc des mensonges ? Ton refus d'écrire, c'était un leurre ?

Nino s'approcha d'elle pour la calmer mais d'un geste violent Micha le rejeta. Avant de s'enfermer dans la chambre, histoire de donner le change et de souffler un peu elle rajouta furieuse :

- Puisque tu as commencé à écrire à ma place, termine ! Je renonce à tous mes projets. C'est Maximin qui va être content ! Mais... sans doute est-il déjà au courant !

Elle entendit la porte d'entrée claquer. Pour la première fois Nino était parti sans l'embrasser.

Tout comme ses projets volaient en éclats, sa joie de vivre venait de se briser en quelques secondes. Face à l'attitude de Nino, était-ce les nuages gris de ce matin-là qui reflétaient leur couleur dans le cœur de Micha, ou l'inverse ?

Elle se refermait sur elle-même comme un animal sur la défensive et resta ainsi, des heures assise, à regarder dans le vide.

* * *

"Je ne connais rien au roman, mais je sais qu'en toutes choses, Dieu est dans les détails". C'est la devise inscrite à l'entrée du Wartburg Institute à Londres.

Micha pensait tout haut dans la limousine qui l'emmenait à Milan pour participer au concert.

Le film des derniers événements était si rapide qu'elle s'interrogeait sur ce qu'aurait été son avenir si elle avait hésité ne fut-ce qu'un instant, à chercher ce stylo.

Sur le moment elle avait voulu tout occulter, mais après mûre réflexion elle s'était reprise.

Elle cherchait, sans en parler à quiconque, un ouvrage, le nom d'une personne à contacter à l'ambassade du Mexique, pour réaliser son projet d'écriture. C'était sans doute en elle le goût de l'aventure, l'envie d'aller se promener là où elle n'avait rien à faire, la soif de se comprendre, de se surprendre, de se prouver ce dont elle était capable, même si elle pressentait un certain risque, qui lui donnaient tous les courages.

Lors de ses dernières lectures elle avait appris à ôter la crainte du regard d'autrui qui donne de l'importance à nos faiblesses, la peur du sarcasme, la terreur d'être confrontée à notre propre insignifiance.

Arrivée à Milan, épuisée nerveusement, elle opta de visiter les endroits qu'elle affectionnait tant, afin de se détendre avant de rejoindre son hôtel. Soudain elle éprouva un sentiment de liberté intérieure. Pour la première fois elle regardait différemment le Dôme, le château des Ducs Visconti et Sforza, la basilique romaine de Sant'Ambrogio, la Cène de Léonardo. Pour terminer, afin d'assouvir sa soif de belles toilettes, elle entreprit de visiter les boutiques de la zone piétonne la plus longue d'Italie.

Micha avait pour habitude de descendre dans l'élégant hôtel Radisson Bonaparte. Celui-ci donnant sur le Largo Cairoli, elle pouvait ainsi à sa guise se promener à pied.

Elle appréciait tout particulièrement cette ville, car elle était la seule destination où elle se sentait libre de ses mouvements ; le seul lieu où elle pouvait venir seule avec son propre moyen de locomotion puisque leurs pays étaient limitrophes.

Elle essayait de se relaxer au mieux sur ce lit à baldaquin, quand, hantée par son projet littéraire, une idée originale amusa son esprit : puisque sa crainte était la rédaction, elle profiterait de ce week-end loin de chez elle pour y relater ses observations.

Ainsi elle narrerait tout ce qu'elle vivrait, comme un exercice de style.

En un clin d'œil, elle enfila pantalon et pull, avec la ferveur de ses quatre fois dix ans, pour acheter crayons et cahier. Cette façon de s'extasier comme une enfant, de vivre intensément ses émotions lui donnaient un charisme qui la rendait insaisissable.

Elle éprouva une étrange sensation lorsqu'elle entama la première page. Elle avait cette impression bizarre "d'être deux". Une qui raconte et l'autre qui écoute. Cela ne manqua pas de lui plaire. Elle pressentit que grâce à l'écriture elle ne serait plus seule, un peu comme un enfant parle à sa poupée, elle parlerait désormais à son cahier.

Pouvoir créer des personnages, finir par les aimer ou les détester, augmentait son adrénaline.

* * *

À son retour Nino fut un mari exceptionnel, attentionné plus que de coutume et implorant son pardon, il lui offrit une superbe parure de stylos Mont-Blanc gravée à son nom.

Dans la boîte, sur une carte était inscrit : “Pour tes futures dédicaces. Je t’aime”. Micha le remercia en toute simplicité. Elle voulait garder encore un peu au fond de son cœur, le secret de son journal intime et de ses projets d’écriture.

Ils vécurent des mois côte à côte, ignorant tout l’un de l’autre au sujet de ce livre tant attendu par Maximin, chacun se demandant si l’autre travaillait à ce projet ; cela devenait un jeu intrigant.

* * *

Ce matin-là, tandis que Nino était à son entreprise, seule dans le salon, elle relisait attentivement le journal de son week-end et se surprit à aimer les personnages…

Essais de Micha

Prélude

Je ne suis pas dupe. Même si je chante sous la douche et si je me tortille en petite culotte, c'est indéniable, cela ne fera jamais de moi Madonna.

Forte de cette conclusion, je vais malgré tout tenter ma première expérience d'écrivain ! La réussite ne dépend que de moi, l'unique chance de parvenir à obtenir ce que je désire, c'est de me faire confiance, de cela j'en ai la certitude.

Essayer est déjà un pas : je dois apprendre à écrire pour narrer mes voyages aux enfants.

* * *

Premier week-end

Tandis que je suis assise à table avec mes amis musiciens, je fais semblant de manger mon poisson. Je suis entièrement captivée par le décor. Le train le plus célèbre du monde : "L'Orient Express" a été recréé en plein quartier de Breva et s'est transformé en restaurant. Il y a d'autres gens qui se sont joints à nous, d'autres musiciens que je ne connais que pour les avoir aperçus à d'autres concerts. Nous sommes une vingtaine et occupons trois tables. Au dessert, une serveuse affublée d'un petit tablier blanc brodé, comme les nurses d'autrefois, s'approche de nous avec des pâtisseries que je m'efforce de ne pas regarder.

Tout à coup j'entends : « Voulez-vous un gâteau ? » Je la dévisage. Sa bouche corail ourlée, ses longs cils noirs s'avancent vers moi. Ses lèvres brillantes et son fond de teint nacré, la font ressembler à ses pâtisseries. Je refuse mais ma voisine malgré son air d'oiseau les avale l'une derrière l'autre. Le chef d'orchestre commande un café pour nous tous, sans nous demander notre avis. Cela doit être tellement évident de boire un café italien, qu'il n'imagine pas un instant que quelqu'un puisse ne pas aimer cette potion magique. Je n'aime pas l'expresso mais je n'en souffle mot. Je ne le trouve pas très bon, trop amer pour moi. Par politesse je le termine en y ajoutant un morceau de sucre à chaque gorgée.

Plus tard je dis au revoir à la poupée de sucre qui continue à sourire sans interruption, comme si son image était figée.

* * *

La salle Scimmie où nous avons donné notre concert est prodigieuse tant l'écho y est porteur. Ce soir nous formions un grand orchestre avec d'autres musiciens venus de quelques pays limitrophes.

Les applaudissements ont été généreux. « Tout le beau linge milanais est là », m'a soufflé un musicien à l'oreille puis a poursuivi :

- Tu sors avec nous ce soir ?

- Non, merci tu es gentil, mais...

« Micha Lorenzo est demandée dans sa loge », répéta plusieurs fois la voix au micro.

Je me souviens avoir dit tout en posant ma coupe de champagne :

- Il doit y avoir une erreur je ne connais personne.

J'ai soulevé ma longue robe pour accéder aux marches :

- Marco ! Comment avez-vous su ?

- Micha ! Pourquoi ne m'avez-vous pas prévenu ?

Nous nous sommes embrassés amicalement.

En homme bien élevé, dans la certitude de tout pouvoir obtenir avec son charme, Marco m'a invitée à dîner et bien sûr j'ai accepté. Pourquoi bien sûr ? Je n'en sais encore rien aujourd'hui.

Le restaurant atypique dans le panorama milanais "La Terrazza" où il m'emmène, se situe au quatorzième étage d'un palais qui abrite le Centre Culturel Suisse. Il en émane une ambiance internationale aux influences japonaises. La vue sur les jardins de la Via Palestro, le service raffiné et la courtoisie du personnel, ne peuvent nous laisser que de très bons souvenirs.

Quelles que fussent mes craintes, mes timides craintes de tendre l'oreille aux avertissements du bon sens, je sais au plus profond de moi-même qu'il lui suffit de m'effleurer, de me tendre la main pour que je fonde dans ses bras.

J'ai tort, complètement tort. Marco a beau me désirer intensément - les yeux ne trompent pas - il ne réussirait finalement qu'à me faire du mal. Et parce qu'il n'est pas d'un naturel plus absurde que la plupart des hommes, il sait qu'il souffrirait aussi.

Tout comme il sait qu'il n'aurait pas dû venir, même si nous étions restés sur un lien d'amitié, je sais que je n'aurais pas dû accepter. Si je ne lui avais pas téléphoné pour lui annoncer mon passage à Milan, j'en connais ce soir la raison : il me trouble.

Le dîner terminé Marco insiste pour que nous terminions notre soirée au Live Music Club, fréquenté par des personnalités du spectacle et de la culture. Nous nous laissons bercer par la musique douce du piano bar.

Après quelques confidences sans conséquence, mes pensées me trahissant, je m'entends lui dire :

- Que voulez-vous exactement Marco ?

- Ce que je veux "exactement ?" Beaucoup de choses que je sais impossibles... Remonter le temps, je crois, arrêter la pendule. Et toi ?

Ce tutoiement soudain, mêlé de musique tendre et d'effluves de champagne ne me surprend pas outre mesure.

Je lui parle de ma déception envers Nino, de ma thérapie et de mes projets de voyage. Il m'écoute sans m'interrompre, m'encourage dans mes projets sans prononcer la moindre critique envers mon mari. J'apprécie. Après un silence, il murmure dans un demi-sourire :

- De la thérapie ? Pourquoi ? Tu possèdes pourtant l'art de bien te connaître !

- Ah ! Bon ?

- En ce moment tu sais que je te déshabille du regard et tu me laisses faire. Tu le savais d'ailleurs à l'avance puisque discrètement, d'un geste de la main, tu as découvert tes épaules. Tu ne l'aurais pas fait si tu jugeais qu'elles ne le valaient pas n'est-ce pas ? J'aime ton attitude Micha. Je regrette simplement que tu ignores encore un aspect de ta personnalité, qui, pourtant saute aux yeux. Que ferais-tu si je te caressais la main ?

- Je n'appellerais sûrement pas le chef de rang à mon secours.

Mais quel est donc ce côté de ma nature dont, selon toi, j'ignore tout ?

Une lueur amusée anime son regard :

- Dis-moi d'abord comment tu te vois.

- Je suis bien incapable d'un tel effort. Je flotte, je me laisse pousser au gré du vent, j'aime la vie tout simplement.

Puis après un instant de silence. Comme si la confidence avait de l'importance, comme un secret, je me penche au-dessus de la table et rajoute l'air mi-moqueur, mi-crédule : « J'aime aussi les belles choses, le regard des hommes et les félicitations, mais... j'essaye de me corriger. »

- Je suis certain que tu possèdes cette faculté de donner et de prendre pour rien, de manière désintéressée. C'est si rare chez une femme que je ne l'ai jamais rencontré. Mais ce n'est pas tout, tu n'es pas simplement une femme, tu es une dame !

Tard dans la soirée je répète par deux fois :

- Je voudrais rentrer.

Mais je ne bouge pas. Comme il ne répond pas, je réitère :

- Je voudrais vraiment rentrer, Marco.

- C'est ridicule, Micha.

- Quoi, qu'est-ce qui est ridicule ?

- Nous distinguons tous les deux le vrai du faux et le bien du mal. Tu n'as pas l'intention de partir et tu sais que je ne t'y forcerai pas.

Il m'a désarçonnée et intimidée. Il s'est ressaisi, a passé d'un geste nerveux la main dans ses cheveux, puis s'est penché vers moi pour me dire à mi-voix :

- Viens t'asseoir près de moi Micha.

- Tout à l'heure Marco.

- Je t'en prie.

J'ai fait le tour de la table pour m'asseoir près de lui en ayant soin de ne pas le frôler ; je sentais son parfum m'envelopper, m'imposant sa présence troublante, l'impétueux corps viril et puissant qui en ce moment brûlait de désir pour moi. La musique sentimentale n'aidait en rien ma décision.

- Tu veux que je sois franc ? J'ai eu le coup de foudre lorsque je t'ai vue, tu semblais si fragile sur ce parapet. Puis ta façon d'être m'a fasciné. Je croyais que je t'oublierais, j'ai attendu ton appel, puis lorsque j'ai connu la date de ce concert j'ai demandé la liste des musiciens et j'y ai vu ton prénom. Sans aucune certitude car je ne connaissais pas ton nom, je suis venu et je te désire de toutes mes forces, même si je sais que cela ne correspond pas à la bonne morale. Qu'as-tu Micha tu trembles ?

Devant mon silence, il a pris sa tête entre les mains puis s'est levé pour prendre mes épaules de ses mains fortes :

- Pardonne-moi Micha, un peu trop d'alcool, la musique, j'ai mis mes sentiments à nu et brisé notre amitié, c'est stupide !

- Tu as mon amitié Marco et comme tu l'as dit nous sommes adultes et nous connaissons nos priorités. Ne nous faisons pas du mal, je suis certaine que nous nous reverrons.

- Ce jour-là je te promets de ne plus te parler de mes sentiments.

J'ai souri. Il avait l'air d'un enfant qui promet d'être sage mais qui recommence de la même façon en oubliant ses belles promesses.

À la porte de l'hôtel il a frôlé mes lèvres d'un baiser chaste, presque timide. Il m'a fait promettre de lui téléphoner pour le tenir au courant de l'avancée de mes projets.

Nous nous sommes quittés le cœur chocolat, sur des promesses réciproques dont seul le destin connaissait la suite.

* * *

Micha posa le cahier et se surprit à être fière : elle considérait que c'était un bon début. Même si son style n'était pas très littéraire, il avait le mérite d'être le sien.

Détenant son essai entre les mains elle le déposa avec tendresse dans un tiroir de son secrétaire qu'elle prit soin de fermer à clé.

Son espoir de grandir littérairement était si fort qu'elle était certaine qu'un jour, une personne traverserait sa route, pour l'aider à construire de belles phrases afin de réaliser son projet.

OPPORTUNITÉ

Depuis plusieurs jours, Nathalie, la meilleure amie de Micha, jubilait de partir en voyage au Vietnam avec son mari. Toutes les musiciennes qui avaient déjà effectué ce voyage, l'accablaient de conseils et d'adresses utiles avec autant de jubilation qu'elle en mettait pour préparer ses valises. Pourtant, ce matin-là, à l'étonnement de toutes, elle pénétra dans la salle de répétition, le regard embué de larmes.

Arthur, son mari et ami de Nino, ambassadeur des États-Unis en France, avait été appelé de toute urgence en mission officielle à New York et leur voyage devait être annulé. Un épilogue existait cependant si quelqu'un de proche achetait le billet d'Arthur.

Dans le calme, les musiciennes bavardèrent longuement ensemble pour essayer de trouver un heureux dénouement au désarroi de Nathalie.

Toutes ayant des contraintes familiales, la solution ne se trouvait point parmi l'une d'elles, jusqu'à ce que Micha émît son opinion :

- Si la destination avait été le Mexique, j'aurais signé tout de suite !

- Mais l'on peut changer la direction, c'est mentionné dans le contrat d'assurance, Micha !

- Le Mexique te plairait Nathalie ?

- Je serais tellement heureuse de voyager avec toi !

Décidément, cette troupe de musiciennes vivait ses sentiments comme des enfants riant et pleurant dans la même heure sans se souvenir de la raison de leurs émotions contradictoires. En effet, comme par enchantement, l'accablement de Nathalie et celui de ses compagnes s'effaçaient en un clin d'œil.

* * *

Était-ce le destin qui souriait à Micha ? Elle avait peine à réaliser l'aubaine qui lui tombait du ciel. Sans tarder, elle en informa Nino qui acquiesça aussitôt à son souhait avec satisfaction.

* * *

En ce début de mois de janvier où le vent froid s'en donnait à cœur joie, les couleurs chatoyantes des robes d'été et des maillots de bain se mélangeaient sur le lit de Nathalie tandis qu'elles partageaient leur avis sur chaque vêtement dans une franche rigolade. Si quelqu'un avait pu les espionner par le trou de la serrure, il aurait cru observer deux jeunes filles préparant leurs premières vacances, tant la légèreté de leurs propos était inhabituelle ! Soudain Micha devint sérieuse :

- Nathalie, j'aimerais te confier un secret.

Longuement elle lui exposa ses préoccupations depuis l'arrivée de Maximin dans leur couple, la rencontre avec Marco, son ambition d'écrire un livre, le tout sous couvert du secret le plus total.

Micha, satisfaite d'avoir ouvert son cœur, attendait avec conviction un encouragement, un compliment, voire même un acquiescement mais son étonnement fut à son comble lorsque Nathalie lui répondit :

- Te rappelles-tu ton accident de cheville ?

Micha aimait beaucoup Nathalie, mais elle n'appréciait pas toujours ses discours philosophiques.

Elle l'interrompit :

- Oui, mais je ne vois pas le rapport !

Nathalie vint la rejoindre sur le bord du lit et continua :

- Le facteur physique, tel que nous le percevons par nos sens et qui semble être la cause de l'arrêt momentané de nos activités, n'est en réalité qu'une mise à l'épreuve dont la fonction est de dissimuler la véritable cause, qui est d'ordre intérieur. Ce n'est pas sans raison que ta cheville t'a lâchée après avoir vu Marco. Toi-même tu me l'as dit, tu as fait le point, tu as voulu changer.

Puis après un bref silence, Nathalie dit amusée :

- Tu avais juste oublié de me parler de ta rencontre avec ce play-boy !

Puis sérieusement poursuivit :

- Le destin te sourit et met ce voyage sur ta route, Micha. Il faut que tu apprennes à lire dans les signes que tu nommes toi « le hasard » : ils ne sont jamais anodins. Je t'encourage à écrire ce livre, mais au grand jour. Tu ne pourras rien rédiger convenablement si tu es en porte-à-faux avec toi-même et Nino.

- Ce sera difficile mais je te promets d'en parler.

- Si je puis me permettre, Marco ne fait pas partie de ton destin, mais ça tu l'as compris n'est-ce pas ? rajouta-t-elle d'un air faussement badin.

Micha approuva de la tête bien que le cœur manifestât sa désapprobation par un petit pincement significatif.

- C'est Arthur qui va faire une drôle de tête quand il va savoir que l'on part ensemble !

Euphoriques, elles s'octroyèrent une pause café.

« Une amie sincère est quelqu'un qui vous connaît bien et vous aime malgré tout », lui avait dit un jour Nathalie.

Micha avait beaucoup aimé cette maxime si réaliste et en comprenait à présent le vrai sens. Elle avait su l'écouter et la conseiller sans la juger et rien ne pouvait affaiblir leur amitié.

* * *

Micha s'attendait à une réaction différente de la part de son mari. Elle imaginait qu'il n'approuverait pas tout de suite ce voyage, qu'il s'inquiéterait pour elle comme il l'avait toujours fait, mais rien de tout ça ne l'avait effleuré. Sa désinvolture la désarma quelque peu.

Elle en conclut qu'il faisait partie de cette race d'hommes qui n'avait jamais d'angoisse parce qu'il refusait tout simplement d'en avoir.

Ce soir-là sa bonne humeur la déconcerta davantage :

- C'est une expérience amusante de te voir préparer ton voyage ! dit-il, installé au fond du canapé.

- Ah ! Bon ?

- On dirait une pièce écrite où tu joues un rôle, viens, approche-toi de moi Micha. Nous avons souvent voyagé, mais je ne t'ai jamais vue si florissante !

- À vrai dire, c'est moi qui te trouve bien joyeux de me voir partir. Cependant c'est vrai, j'ai une raison supplémentaire d'être heureuse.

- Ah ! Ah ! Je savais bien qu'il y avait une raison. Je te connais si bien ma douce !

Micha avait suivi les recommandations de Nathalie et confia à son mari sa détermination et son engagement à écrire cet ouvrage sur le Mexique.

Elle regretta un instant d'avoir discouru sur Marco lors de son essai car c'est avec joie qu'elle lui aurait accordé le privilège de le lire pour avoir son avis.

- Micha nous n'avons plus abordé ce sujet depuis que je t'ai offert le stylo dont, soit dit entre parenthèses, tu ne t'es jamais servi.

- Tu m'as dit "pour les dédicaces"...

Nino n'avait jamais pu résister à ces attitudes enfantines, et pour la première fois il se confia :

- Les premières pages, dont tu as pris connaissance, ont été déchirées.

« Si un livre doit un jour naître, ma femme seule en sera l'auteur. » Ce sont les paroles que j'ai rapportées à Maximin lorsqu'il m'a téléphoné pour prendre des nouvelles de son manuscrit.

Devant la joie de Micha, il rajouta :

- J'ai trop souffert de t'avoir blessée Micha. Tu avais pris cela comme une trahison mais la raison était tout autre. Comme tu ne voulais rien entendre, j'ai préféré me taire. Tu as manqué de confiance en moi. J'ai eu du chagrin.

- On aurait pu le partager Nino.

- Tu sais Micha beaucoup de choses peuvent séparer un couple : la maladie, la mort, l'infidélité, la dispute. En ce qui nous concerne, il a suffi d'un simple dossier pour installer la déception et le chagrin entre nous. Il ne faut plus jamais que cela nous arrive, désormais nous devrons nous expliquer.

Si Nino de son côté était heureux d'avoir pu exprimer ses sentiments sur cette mésentente dédaignée par le silence, Micha se félicitait de ne pas avoir trahi son mari avec Marco... alors qu'un sentiment étrange restait tapi dans un coin de son cœur.

* * *

Le lendemain... Nino rentra de son travail en sifflotant, puis marqua un temps d'arrêt devant la table de la salle à manger, inondée de boîtes à médicaments et lut à haute voix :

- Traitements pour : l'estomac, la fièvre, les nausées, les saignements de nez ! Dis-moi Micha, es-tu si malade sans que j'en sois informé ?

- Regarde Nino, la liste est impressionnante, je l'ai relevée sur Internet en regardant tout ce qu'il faut prévoir pour le Mexique.

- Micha, c'est pour les touristes qui partent seuls et prennent des risques ! Mais toi et Nathalie, vous partez dans de beaux hôtels.

- Tu parais si content Nino !

- Micha tu es injuste ! Ce voyage, tu en rêvais depuis tant de temps. Je suis heureux que ton rêve se réalise ma douce. Puis, la taquinant à nouveau : je suis rassuré de ne pas te voir partir seule sac à dos, sans maquillage, dans des hôtels minables...

Après avoir chahuté comme des enfants, ils trinquèrent devant un apéritif.

Même si la soirée avait un goût de tendresse mêlé de champagne, Micha était insatisfaite.

Ne pas déceler une once de mélancolie dans les yeux de son mari, à trois jours de son départ, jetait un voile sur la jubilation de son voyage.

* * *

Micha et Nathalie offrirent un pot à la troupe de musiciennes et choisirent de terminer la soirée dans un restaurant mexicain pour avoir un avant-goût de leur voyage.

Au milieu d'une conversation animée, Lucie s'adressa subitement à Micha :

- Un homme t'a demandée au téléphone cet après-midi.

- Moi ?

- Oui, un certain Marco.

- Ouah ! s'exclamèrent en chœur ses amies.

Micha rougit et, embarrassée, demanda :

- Que voulait-il ?

- Te signaler qu'il serait au Plazza la semaine prochaine pour une conférence et souhaitait que tu l'appelles, mais je l'ai informé de ton départ au Mexique.

- Tu en as dit des choses à un homme que tu n'as jamais vu ! rétorqua Nathalie agacée.

Lucie vexée riposta :

- J'ai pris cette initiative pour qu'il ne croie pas un instant que j'ai oublié de transmettre le message.

- C'est stupide !

- Ce n'est pas stupide puisque c'est vrai.

Micha transforma rapidement l'atmosphère de la soirée :

- Tu as bien fait ! Tous ces galants aux portes des musiciennes ! De quoi nous plaignons-nous mesdames ! Je plaisante bien sûr, Marco est un journaliste. L'on devait se rencontrer à propos d'un article.

Cet aparté ouvrit la porte aux confidences et chacune d'elles relata sa dernière conquête des sorties de concerts. Rien de tel dans une réunion de femmes, que de rire de leurs admirateurs surtout si ceux-ci ont été maladroits.

Mais il en était tout autre de Marco et Micha ne révéla rien sur lui. Il serait toujours son secret même si Nathalie imaginait qu'elle l'avait déjà oublié.

* * *

Nino profita de l'absence de sa femme pour contacter Arthur aux États-Unis :

- Arthur ? Ce voyage s'est-il bien passé ?

- Oui, je te remercie Nino. Notre plan a-t-il fonctionné comme tu l'espérais ?

- Formidable ! Nos femmes préparent leurs valises et sont très heureuses de partir.

- C'est parfait ! Je te téléphone dès que je rentre.

Aux dires de son mari, Micha était inapte à voyager seule mais était malgré tout capable de partir pour lui prouver une assurance qu'elle n'avait pas.

Élevée par des frères et sœurs, ayant vécu ensuite dans un collège pour des études musicales, le premier grand pas qu'elle avait franchi seule dans la vie, c'était celui de voyager avec les musiciens.

Paradoxalement, autant elle avait de l'assurance devant son piano, de la joie de vivre et un caractère pétillant parmi les proches, familles, amies et relations, autant elle était désemparée lorsqu'elle n'avait plus ses repères.

À l'écoute de l'inquiétude de son ami, Arthur avait proposé de l'aider. Pour ce, alors qu'il était au courant de sa date de départ pour New York, il avait acheté deux billets supplémentaires pour le Vietnam sachant que ceux-ci étaient transmissibles et modifiables. Tout avait fonctionné comme Nino le souhaitait : Micha n'avait pas la moindre idée du complot dont elle bénéficiait et Arthur ne se doutait pas des véritables intentions de son ami…

* * *

Maintes fois Micha avait lu et relu puis déposé la carte de visite de Marco sans pouvoir se résoudre à lui téléphoner. Cependant à quelques jours du départ, elle donna le feu vert à son intuition :

- Marco je voulais te dire au revoir !
- Micha enfin !

Pendant les quelques secondes de silence que traversèrent leurs deux combinés Micha perçut les sentiments de Marco. Comme un écho ils résonnaient en elle. Après un instant d'hésitation elle poursuivit :

- Je pars dans deux jours.
- Micha je te dois la vérité : je suis divorcé depuis six mois. Je voulais te le dévoiler avant ton départ.

Puis sans transition rajouta :

- Surtout prends de belles photos au Mexique !
- Au revoir Marco, prends bien soin de toi.
- À bientôt Micha, répondit-il la voix cassée.

Micha n'arrivait pas à comprendre le dysfonctionnement de ses sentiments. Elle aimait son mari et jamais elle ne le trahirait. De cela elle en était certaine, mais elle n'arrivait pas à taire les pensées qui l'emmenaient ponctuellement vers Marco. Le savoir libre n'y changeait rien.

Sa dernière journée fut assez éprouvante.

- J'emporte mon doudou ? dit-elle en montrant un nounours que Nino lui avait offert en Écosse.
- Tu veux bien me rappeler ton âge, ma douce ?

Elle se rapprocha de lui tendrement, posa la tête contre sa poitrine :

- J'ai soudain l'angoisse de te quitter Nino !
- Micha ! Tout ira bien, ne sois pas anxieuse.
- C'est la première fois que nous nous séparons.

Nino percevait son inquiétude et la rassura :

- Nous serons encore plus amoureux.

- Encore plus ? Ça existe ?

Nino câlina Micha qui n'empruntait plus ses airs de petite fille pour lui plaire. Elle semblait si fragile soudain. Sa belle assurance avait disparu pour donner place à l'enfant qui se cachait derrière sa volubilité habituelle.

Deux heures du matin ! Micha refusait les adieux à l'aéroport, et voulait garder l'image intacte de Nino chez eux : elle jeta un dernier regard sur le salon qu'elle aimait tant et se serra très fort dans ses bras. Deux larmes accrochées aux cils, elle ferma la porte derrière elle.

Sans prononcer le moindre mot, dans le taxi qui l'emmenait à l'aéroport, elle entendait encore la douce musique de Nino qui lui fredonnait à l'oreille : *« Tu vas me manquer ma douce ! »*

ÉTAT D'ÂME

Rentrée de voyage depuis une quinzaine de jours, Micha ne s'était toujours pas résolue à ranger ses bagages.

Était-ce les souvenirs ou le soleil du Mexique qui faisaient danser cette étrange flamme dans ses yeux depuis son retour ? Quelle était donc la raison de cette lueur qui l'animait ?

Contrairement à sa nature expansive, Micha était posée et réfléchie. À chaque fois qu'elle relatait son voyage, ses yeux reflétaient un bonheur profond.

- Je n'ai rien d'un écrivain Nino, mais j'ai parlé avec mon cœur.

- Je suis très fier de toi ma chérie. Tu as fait un beau voyage et tu as écrit tes souvenirs, mais...

Micha le regarda perplexe tout en terminant son verre à petites gorgées :

- Mais quoi ?

Les gestes maladroits, il se resservit un whisky de sa marque préférée :

- Maximin a renoncé à son projet d'association littéraire.

La réponse sonnait faux et si même c'était vrai, cela ne justifiait pas autant de gêne de sa part.

L'intuition féminine lui révélait autre chose d'important mais d'indéfini. Ce déclic-là lui en mémorisa un autre : celui de l'aéroport où, elle avait noté un parfum aux effluves orientales, sans lui en faire la moindre remarque.

Un silence inhabituel s'installa entre eux. Pour y échapper Nino se leva, déposa un baiser sur le front de Micha, ébouriffa tendrement ses cheveux et murmura :

- Je te promets de parcourir tes écrits avec beaucoup d'attention dès demain. Pardonne-moi, j'ai eu une journée difficile.

Micha interloquée ne répliqua pas.

Le manque de chaleur affective de Nino ne lui avait pas donné envie de lui confier le secret de sa rencontre avec María Guadalupe.

Pour retrouver la paix et le bonheur trouvés au Mexique, elle reprit la lecture de son manuscrit.

DEUXIÈME PARTIE

PRÉLUDE AU VOYAGE

En transit à Madrid, tandis que je visite les nombreux magasins de luxe, Nathalie prend des nouvelles de son mari. Affolée, elle me rejoint pour m'informer du malaise cardiaque survenu à Arthur. Aussitôt elle change son billet pour le Mexique, afin de le rejoindre à New York.

Après quelques formalités, je rejoins un groupe de touristes français.

C'est ainsi que, notre escapade en duo s'est transmuée en deux voyages solitaires.

* * *

Désormais seule, le regard un peu perdu dans ce grand aéroport, j'observe toutes les personnes ayant un livre à la main : pas une en possède un en français. Mais où sont donc les autres voyageurs à destination du Mexique ? Mon cœur s'affole un peu jusqu'à ce que je réalise enfin qu'il me faut rejoindre la salle de transit. Je tourne la tête et découvre le panneau indiquant Mexico. Je suis bien au bon endroit et je vais décoller dans une heure. Me voilà rassurée.

Assise au milieu des voyageurs en attente de leur vol, une mise au point sévère s'effectue en moi : cette aventure extraordinaire qui m'attend ne me changera pas, c'est un prétexte pour avoir d'autres honneurs en arrivant. D'ailleurs pourquoi ne resterais-je pas la même ? Pourquoi serais-je mieux si je deviens différente puisque tout le monde m'apprécie ainsi ? Je me suis laissé bercer par les livres de Nino traitant de psychologie et par les commentaires de Nathalie.

Pourquoi tant de doutes subitement ? Tout se bouscule, je suis nerveuse : une petite voix intérieure me guide, m'aide et me glisse : « Laisse-toi porter, ne pense à rien ». Je ferme les yeux quelques secondes et me relaxe.

Je jette un regard furtif sur la salle d'embarquement : un Mexicain s'assied devant moi. Il pose son attaché-case sur le plancher à côté de ses pieds. Quel âge peut-il avoir ? Il ferme les yeux à son tour, ainsi je peux le regarder discrètement : ses cheveux couleur ébène, sa peau basanée et ses lèvres sensuelles troublent mes sens. Puis il lève les paupières et découvre que je le scrute. Gênée, je tourne la tête vers d'autres personnes, mais c'est trop tard. J'aimerais disparaître, je sens le feu monter à mes joues, pour avoir une contenance j'ouvre une revue. Les haut-parleurs demandent aux voyageurs en partance pour Miami de s'avancer. Il se lève, passe devant moi, m'adresse un sourire entendu que je lui rends.

J'aime ces moments forts, faits de complicité silencieuse où il n'y a ni parole ni action, lorsque chacun vit une histoire dans le secret de son imaginaire.

Une sensation étrange transporte mon âme vers cette immensité lointaine. J'ai l'intuition qu'un nouveau destin m'attend.

* * *

RÉCIT DE VOYAGE

MEXICO

Aussitôt descendue de l'avion, à l'aéroport de Mexico, je me sens happée par un pays en pleine effervescence. En un instant la fatigue de ces dix-neuf heures de voyage se glisse dans mes bagages pour me permettre d'ouvrir grands mes yeux d'enfant.

Installée à l'arrière du taxi qui me conduit à l'hôtel, je suis stupéfaite de découvrir des hommes, placés à courte distance les uns des autres, proposer aux automobilistes : tapis de voiture, pare-soleil, essuie-glaces, etc. en un mot tout ce qui agrémente le confort d'une voiture.

Au dire du chauffeur le choix de l'emplacement n'est pas anodin puisque c'est l'artère la plus fréquentée par les automobilistes. Je comprends mieux son explication lorsqu'il achève sa phrase :

- La situation économique est difficile. Ici la plus petite voiture vaut une fortune, señora ! Il faut appartenir à une certaine caste sociale pour en posséder une, alors ils se débrouillent comme ils peuvent !

Et d'une voix enjouée rajoute : « Mais ils ne sont pas malheureux : ils travaillent ! »

Le message du chauffeur est clair : le secret du regard droit et fier du Mexicain défavorisé tient au fruit de son travail, le mot mendicité ne lui est pas familier.

Nous traversons les grandes avenues. Chaque feu rouge est un carrefour stratégique : des enfants déguisés en clown exécutent des numéros d'acrobate ou de jongleur, d'autres nettoient les vitres, proposent des cigarettes, des chewing-gums, des mouchoirs en papier ou cacahuètes à la sauvette. Les plus âgés vendent les journaux à la criée, certains fredonnent un air populaire en pinçant les cordes d'une guitare. Quelques femmes proposent des bouquets de fleurs. Sans cette économie parallèle, de nombreuses familles seraient privées d'un minimum vital.

Dès le lendemain, avec le guide, nous visitons le musée d'anthropologie où la femme est mise à l'honneur. Représentée par des bras très courts et des hanches proéminentes : les bras signifiant qu'elle ne doit pas travailler mais enfanter (d'où les hanches fortes).

Nous découvrons ensuite un parc immense envahi de ballons multicolores, de danseurs et de jeux divers. Je manifeste ma joie d'arriver sur les lieux un jour de fête.

Accompagnant son explication d'un geste large ; d'un sourire amusé, le guide me répond avec fierté :

- C'est comme ça tous les jours ! La fête fait partie de la vie du Mexicain.

Mexico s'est inspiré des grands travaux parisiens du baron Haussmann, en ouvrant de larges avenues garnies d'élégants hôtels particuliers, qui lui a valu le surnom de « ville-lumière des Amériques ».

Nous continuons vers la plus grande place du monde où trône l'imposante et magnifique Cathédrale Métropolitaine abritant seize chapelles ainsi que de précieuses collections de peintures. Avec ses sombres pierres volcaniques et son imposant fronton baroque tourné vers le Zocalo, « le marché », elle semble incarner les rêves de puissance de l'église espagnole sur le Nouveau Monde.

De l'autre côté, le Palais National protège les bureaux de la Présidence. Surplombant l'escalier central de ce lieu, l'on peut admirer le tableau mural de Diego Rivera, peint au lendemain de la révolution, et quelques autres séries de peintures qui illustrent la vision personnelle de l'artiste et de l'histoire mouvementée de son pays.

Encerclé des monuments, parmi les plus évocateurs de l'histoire mexicaine et de la ville, le Zocalo est un endroit privilégié pour saisir quelques bribes de l'âme mexicaine.

Les visites terminées, j'ai envie de m'éloigner provisoirement des autres voyageurs pour avoir un contact plus intime avec la population.

J'apprécie de me fondre seule dans la foule pour mieux m'imprégner des odeurs, des musiques. J'admire leurs magnifiques cheveux et les traits de leur visage.

Tandis que je regarde les Indiens offrant un spectacle de danse sur la place, je découvre de nombreux Mexicains proposant principalement de la nourriture typique telle que los antojitos ce qui veut dire "caprice ou envie" représentés par toutes sortes d'amuse-gueules - des fruits joliment préparés aux tacos de rajas (crêpe de blé farci) consommés dans une ambiance de musique et de joie de vivre.

Tout m'étonne : les petits artisans proposant leur service à la journée, les vendeurs de souvenirs, les coiffeurs en plein air et les contestataires politiques fixant des banderoles aux grilles de la cathédrale.

J'ai soudain le souffle coupé : derrière la cathédrale, la plaza Santo Domingo est un ravissement. Au centre trône une gracieuse fontaine. Autour, sous les arcades, des dizaines de minuscules ateliers d'imprimerie et de calligraphie exposent leurs cartes de visite sur un tourniquet. Devant leurs vieilles machines, des écrivains publics sont à l'ouvrage : les clients attendent une lettre d'amour ou un papier administratif. L'informatique n'a pas encore conquis cette partie de Mexico...

Malgré mon espagnol écorché je réussis à partager quelques instants privilégiés avec eux : cartas de amor ? me demande en riant un écrivain... je souris et lui réponds par la négative tout en le félicitant pour son travail et sa gentillesse.

Mon esprit s'envole un cours instant vers Marco et Nino : à qui l'aurais-je envoyé ? ma question reste sans réponse...

Bruyamment, l'horloge de la place me rappelle à l'ordre. Il ne me reste que très peu de temps pour rejoindre notre guide dans l'autobus.

J'essaye de fendre la foule. Devant moi un vendeur de pantins désarticulés occasionne un rassemblement qui envahit le trottoir.

Sonia, une compagne de voyage me tapote sur l'épaule :

- Tu viens visiter l'intérieur de la cathédrale ?

Tandis que je m'apprête à acquiescer, mes yeux se posent sur une ravissante petite fille brune d'environ deux ans, au visage fermé, promenant son regard absent sur les gens comme seule et unique distraction.

Je reste figée, comme hypnotisée.

Au pied du grand arbre planté devant la cathédrale, un homme est assis. Avec une corde tenue par quatre piquets de bois, il a fabriqué un parc de fortune pour sa fille qu'il surveille avec tendresse.

Fortuitement le regard de la poupée mexicaine croise le mien. Devant mon insistance, et rassurée par mon sourire, de ses yeux timides elle entreprend un cache-cache muet. Tantôt me regardant, tantôt dissimulant son visage dans ses petits bras croisés sur les genoux, elle m'observe à nouveau avec un sourire amusé.

Je prends conscience qu'une complicité et des sentiments forts s'installent entre nous. Désormais, au milieu de l'abondance du monde, il n'existe plus que l'échange de nos deux regards. Je n'ai plus qu'un seul désir : l'approcher, lui parler.

Les minutes restantes ont une bien fâcheuse manie de s'égrener à toute vitesse lorsqu'il y a urgence.

Je piétine devant les gens hésitant sur le choix de la couleur du jouet et lasse d'attendre, j'interpelle le vendeur :

- ¡ Un muñeco azul por favor ! (Un pantin bleu s'il vous plaît.)

Entendant mon espagnol aux intonations françaises il lève la tête et me sert immédiatement un pantin bleu.

Timidement je m'approche en articulant le jouet devant le visage de la petite fille.

Je m'accroupis pour être à sa hauteur :

- ¿ Cómo te llamas ? (Comment t'appelles-tu ?)

- María Guadalupe.

Jamais je n'ai vu pareil regard ! Ces yeux couleur braise se transforment en étoiles lumineuses tandis que son père tout en se levant et se rasseyant sur sa chaise, en signe de respect, répète « ¡ Muchas gracias ! Muchas gracias ! ».

Embarrassée, je n'ose le regarder et me tourne seulement lorsque je vois deux autres hommes s'approcher de lui pour partager sa joie.

Je n'ai plus trois hommes devant moi mais trois enfants, heureux d'un rien et heureux de tout.

La poupée rit de plus belle, tire le pantin dans tous les sens sans quitter mon regard.

Des sentiments que je ne connais plus depuis bien longtemps se mélangent en moi. De l'amour et du bonheur à en éclater mon cœur. Je retrouve le goût des gestes innocents qui m'offrent un instant de joie prodigieux sans préméditation.

Je caresse sa joue tiède et satinée mais par pudeur des sentiments, pour ne pas troubler leur bonheur, je n'ose pas les photographier.

Puis, tout en entamant la première marche de l'autobus je me retourne une dernière fois : son père tient sa petite main pour m'envoyer des baisers et son visage n'est que sourire. Nous nous fixons et dans mon regard il y a une promesse :

« J'écrirai pour tous les enfants mexicains. »

Les rayons du soleil éclatent la vitre de l'autobus : la poupée ne peut plus me voir. De l'intérieur je la regarde encore et toujours.

Lorsqu'elle me voit partir, elle reprend toutes ses défenses, verrouille son joli visage, met en veilleuse la lumière de ses prunelles noires. Le pantin posé sur ses genoux semble ressentir sa tristesse.

De ses deux petites mains elle caresse son bras pour le consoler.

Comme par enchantement c'est lui qui lui rend sa joie de vivre. Pour le remercier, elle le fait danser sur ses genoux tandis que son père, de sa chaise, savoure son bonheur en compagnie de ses amis.

Elle rit, elle rit, marmonne entre ses lèvres des mots que je ne peux plus entendre.

Puis, j'ai un remords : discrètement je descends de l'autobus et à distance, sans qu'elle puisse me voir, je la photographie.

María Guadalupe, tu m'as laissé le cœur à vif.

Tu resteras mon inspiratrice, mon égérie pour tous les enfants mexicains. Nous nous reverrons.

* * *

XOCHIMILCO

Si les réveils à l'aurore ne sont pas toujours faciles, aucune vitamine cependant n'aurait le pouvoir de nous dynamiser à la manière de nos lieux de visite tant ils sont époustouflants.

En cette fin de matinée le spectacle est tout particulièrement étourdissant ! Xochimilco est le « lieu des champs de fleurs », en nahuatl : langue des Aztèques. À une vingtaine de kilomètres de Mexico, il était autrefois un village en bord de lac.

Ajoutés par l'Unesco à la liste du Patrimoine Culturel de l'humanité, ces jardins flottants créés à partir de racines aquatiques recouvertes de terre, sont constitués d'une myriade d'îles, séparés par des canaux et fournissent en légumes et en fleurs les marchés de la capitale.

Des centaines de barques colorées accolées les unes aux autres, attendent les romantiques et les touristes. Un des loisirs favoris du week-end pour les habitants de la ville consiste à louer une barque fleurie.

Quel bonheur de déguster la salade de cactus et de savourer le poulet mixiote, en se promenant sur une barque qu'un batelier fait glisser le long des berges à l'ombre des saules ! Sur le canal, des « mariachis » proposent leurs aubades. D'autres gondoliers permettent de faire une pause, le temps de marchander un tapis ou tout autre objet artisanal.

Je suis dans un autre monde. Le temps me paraît trop court.

LA VIERGE NOIRE DE GUADALUPE

Le 9 décembre 1951, sur une colline aux environs de Mexico, une Vierge à la peau brune apparaît à un Indien.

Pour preuve du miracle, il ramène à son prêtre, une étoffe chargée de roses, où s'imprime le portrait de la sainte. Depuis ce jour, la Vierge noire de Guadalupe est la sainte patronne du Mexique et suscite l'un des plus grands pèlerinages religieux d'Amérique latine le 12 décembre.

Son image métisse, dont l'effigie orne chaque boutique, chaque domicile mexicain, a joué un rôle prépondérant dans l'évangélisation du peuple indien.

María Guadalupe, pourquoi portes-tu le nom de la Vierge ? Un prénom porte une force en lui. Le tien est fort et doux à la fois, comme tes yeux qui ne me quittent plus.

LES PYRAMIDES

C'est sous un soleil caniculaire que nous visitons les pyramides de la Lune et du Soleil à Teotihuacan.

L'antique cité est le plus grand site archéologique du continent américain et sans conteste une des émotions fortes de mon voyage.

La pyramide du Soleil est la troisième pyramide du monde par la taille; son escalade est un must. Mais, le sommet de la pyramide de la Lune offre une perspective encore plus impressionnante sur l'ensemble du site.

Abordés de tous côtés par les vendeurs de bijoux, de masques principalement, certains d'entre nous se laissent tenter par un dernier achat.

- Coca! s'écrie soudain l'une d'entre nous.

Le mot nous attire comme des guêpes vers le sucre et nous nous dirigeons avec hâte vers une Mexicaine installée sous un immense parasol. Les nombreuses marches des pyramides ont eu raison de nous : nous sommes tous assoiffés.

Tandis que je lui tends quelques pesos, j'entends des petits couinements de chaton et plonge mon regard derrière elle. À même le sol, sur un matelas recouvert d'un drap, une jolie petite fille se réveille et timidement me sourit. Mais... María Guadalupe tu es partout ! Elle a tes yeux et ton sourire, mais elle n'a pas ce petit quelque chose que tu as déposé au fond de mon cœur.

Que fais-tu en ce moment ? Où es-tu petite poupée ?

Dans un merveilleux sourire dont les Mexicains détiennent le secret, la dame me ramène à la réalité.

- ¡ La niña está cansada con la calor ! (La petite fille est fatiguée avec la chaleur).

- Sí comprendo, yo también ! (Oui je comprends, moi aussi).

Désaltérés enfin, nous retournons tous à notre point de rencontre pour un nouveau départ.

María Guadalupe, sans le savoir tu accompagnes mes pas.

Ta petite figure, remplie de ton sourire et de tes yeux de braises, me suit partout.

Quel message as-tu voulu me transmettre ?

* * *

PUEBLA

En ce magnifique dimanche nous visitons Puebla. Je suis sous le choc tant la population de cette ville aime la vie : des centaines de ballons multicolores dansent dans cet immense parc où les jongleurs, les clowns et les danseurs se côtoient pour l'immense joie des enfants mais aussi des grands.

Devant le spectacle de leur vie, la lettre A du mot Amour m'apparaît en grand : Amour de la vie, Amour de la famille. Je pense à ma douce France pour qui la lettre A concorde bien trop souvent avec Argent : celui qui détruit les vraies valeurs et fait de nous des perpétuels insatisfaits.

Je suis imprégnée de leur bonheur. Comme une douce pluie qui ruissellerait sur mon corps, les pores de ma peau sont en osmose avec eux et naturellement je les imite. Je danse, je chante et j'entraîne mes compagnes de voyage. Nous parlons avec les jongleurs, les clowns. J'ai envie de crier : « surtout ne changez rien ! » car je sais au plus profond de moi qu'ils détiennent la vérité.

Sur les bancs les parents tiennent leurs bébés dans leurs bras et une douce couverture les protège de la chaleur.

D'autres jouent avec les plus grands et dégustent des cornets de fruits frais.

Avec une compagne de voyage nous déambulons dans les ruelles. Notre regard ne se lasse pas d'admirer les maisons baroques aux balcons de fer forgé et aux murs couverts de carreaux de faïence peints à la main : une particularité architecturale qui vaut à Puebla d'être classée au Patrimoine Mondial de l'Unesco. Le quartier « Artistas » est le Montmartre de Puebla, avec ses rues piétonnes, l'ambiance bohème de ses cafés (l'université est à deux pas), ses galeries de peinture et ses croqueurs de portraits.

C'est avec regret que nous quittons cette ville. Cette merveilleuse journée m'en fait oublier que Puebla est la quatrième ville du Mexique et capitale de son État.

Elle restera pour moi surtout la ville de l'art et de l'Amour.

Dans l'autobus qui nous conduit à l'hôtel, je pense à toi petite princesse María Guadalupe. Comme j'aurais aimé me transformer en fée pour t'emmener ici ! Voir tes yeux danser devant les ballons de toutes les couleurs et ton sourire devant les clowns !

Quel secret portes-tu dans tes yeux de petite fille pour avoir le regard si lointain ?

* * *

LETTRE À NINO

Cette journée a été essentiellement ponctuée de kilomètres dans les terres arides afin d'arriver aux villages Mayas. La magnifique route montagneuse s'enfonçait au cœur de la Sierra Madre del Sur, parcourant plus de 3 000 mètres de dénivelé, avant de déboucher sur la vallée verdoyante de San Cristobal.

Si je ne suis pas entrée en contact avec toi depuis mon départ c'est parce qu'à vouloir créer une héroïne pour mon roman, c'est elle qui a envahi ma vie.

La vie a joué la partition de cette douce musique qui se nomme "María Guadalupe". Je l'ai reçue au fond de moi dans un endroit que je croyais mort, mais qui n'était qu'endormi.

Je ne serai jamais une grande spécialiste de l'écriture, mais l'écriture s'est spécialisée en moi en s'intégrant si fort qu'elle ne fait plus qu'une avec mes pensées.

Des projets me sont nés ici et je suis certaine que tu les approuveras. Nathalie avait raison. Si tous les événements se sont enchaînés les uns derrière les autres pratiquement à mon insu, pour me rendre possible ce voyage, ce n'est pas sans raison.

Je comprends un peu mieux ce que tu veux expliquer dans tes livres de psychologie. Mais, il n'y a, à mon sens, aucun mode d'emploi de la vie, tout est dans le ressenti.

L'amour et le désintéressement, ça ne s'apprend pas. On a soudain envie d'apporter du bonheur, de s'oublier totalement pour une personne que l'on rencontre pour la première fois.

C'est notre âme Nino, rien d'autre qui se révèle.

Voyager à travers le Mexique, c'est comme écouter un morceau de jazz. On peut le savourer cent fois, écouter ses musiques, admirer les gens, ce n'est jamais la même chose, jamais la même émotion.

SAN CRISTOBAL

Si l'on me demandait quel est mon principal coup de cœur au Mexique, hormis ma rencontre avec María Guadalupe, sans hésiter je répondrais le marché coloré des Mayas de San Cristobal dans les Monts de Chapias. Une centaine d'Indiens, venus la plupart d'une cinquantaine de kilomètres des villages alentour, s'installent en ce petit matin.

Les fêtes et les marchés de ce village sont les plus extraordinaires du Mexique. Les produits de l'artisanat : gravures sur bois, sur soie, broderie, etc. témoignent d'une extraordinaire créativité et d'une grande gaieté.

Les odeurs et les couleurs du marché des fruits et légumes sont prestigieux tant par leur couleur que par la variété de leurs produits.

Il est à peine huit heures. Je ramène vers moi les deux pans de ma veste, le froid de ces 2 300 m d'altitude me saisit.

Le soleil se trace un chemin entre les feuilles des grands arbres de la place pour donner un coup de projecteur supplémentaire aux couleurs chaudes des stands.

Ici tout est possible même à huit heures du matin : dans une ruelle, un homme assis sur le trottoir, prend l'empreinte des pieds et fabrique, en quelques minutes, des sandales en cuir sur mesure.

Des Indiens portent des couvertures drapées autour du cou, telles des capes tandis que les femmes sont vêtues de vestes et de jupes tissées de couleurs vives. Des enfants aux yeux curieux et étonnés nous regardent déambuler.

Je m'éloigne du groupe, m'assois sur un banc et observe ce peuple étonnant. Un enfant, du sommeil encore plein les yeux, se glisse sous une nappe brodée pour terminer sa nuit. À genoux, avec des gestes rituels, les femmes installent, à même le sol, le produit de leur travail.

Soudain, le regard d'une Indienne se détourne lorsqu'elle aperçoit mon appareil photo. Aussitôt je le range dans mon sac à dos. Percevant une certaine méfiance, pour ne pas la déranger, je me lève et parcours les allées.

Des petits enfants m'accostent pour me vendre : chaîne brodée pour lunettes, bracelets, etc. confectionnés par leurs aînés. Sans un mot, je fais apparaître devant leurs yeux ébahis, telle une magicienne, un énorme paquet de bonbons. Ils les enfoncent goulûment dans leur bouche et s'éparpillent en courant. Je n'ai pas le temps de les ranger qu'ils reviennent avec toute une horde qui me crie : bonbon ! bonbon ! Le guide mexicain me croise et sourit de satisfaction.

Je me sens étrangement proche de ce peuple. Comme une éponge, je m'imprègne de leur culture en me baladant dans leur existence.

J'ai l'impression de perdre pied, de vivre dans un monde surréaliste. Un petit quelque chose bouge en moi, depuis que j'ai rencontré María Guadalupe mais je ne trouve pas les mots pour l'exprimer.

"Je vous aime". C'est ce que l'on pourrait lire dans les battements de mon cœur si la science le permettait, mais je me contente de caresser leur joue et d'échanger un sourire dans leurs yeux pleins de vie et de rires.

J'écrase discrètement des larmes de bonheur suspendues entre joie et mélancolie.

MÉRIDA LA MAYA !

Baignant dans les eaux turquoise de la Mer des Caraïbes, le Yucatán déploie ses plages immaculées pour le bonheur des touristes. Mais c'est surtout une terre dont les habitants demeurent profondément attachés à leurs racines mayas.

Quel contraste ! Quelle opulence ! Dans les premières années du siècle, Mérida avait la réputation de compter plus de millionnaires que toute autre ville au monde. Sa prospérité se reflète dans les grandioses manoirs, parcs et statues. Grande ville industrielle et d'affaires, elle est aussi un pôle universitaire et culturel. Le marché grouille de bruits, de marchands et de musiques.

Jamais je ne me lasserai d'observer la joie de vivre contagieuse des Indiens du Mexique.

Ayant peu de temps de libre, comme des enfants, nos yeux brillent devant les vitrines et la fièvre acheteuse nous happe sans prévenir. Les objets typiques tous plus créatifs et surprenants les uns que les autres, sont d'un coût suffisamment abordable pour nous ôter définitivement toute retenue. Mais, le marché vaut aussi le détour : dans un labyrinthe de petites échoppes sur terre battue, on trouve en vrac, des hamacs, des quartiers de viande, des brassées de glaïeuls, des chapeaux de paille, des herbes médicinales et tortillas : une tranche de vie, prise sur le vif!

Écrasée de chaleur dans la journée, Mérida semble ne sortir de sa torpeur que lorsque les familles convergent vers les places, attirées par un concert ou des danses typiques. La cité cultive en effet, un sens de la fête et du folklore unique au Mexique.

Les racines mayas, mexicaines et caraïbes cohabitent avec bonheur, sur les broderies colorées des robes traditionnelles des femmes, dans le rythme des joueurs de marimbas et surtout lors de l'exubérant carnaval en février.

Nous avons plaisir à flâner en cette fin de journée et à nous installer sur une des innombrables terrasses où nous sommes surpris par un carnaval improvisé en ce mois de mai.

Emportés par la musique, nous esquissons quelques pas de danse au milieu de la population mexicaine : un régal! nous sommes adoptés.

AU PAYS DES MAYAS

Une bien jolie coutume, toujours d'actualité, m'a été racontée. Ainsi je sais déjà, ce que tu vivras, petite María Guadalupe le jour de tes quinze ans.

Une grande fête sera organisée en ton nom. Tes parents et amis font depuis ta naissance des économies pour qu'elle soit grandiose. Si ce n'est pas le cas, d'autres personnes s'organiseront pour que cette fête soit exceptionnelle.

Tu choisiras quinze garçons de ton entourage. Après avoir revêtu la très belle robe de ton État et après avoir été bénie par l'église, tu danseras seule sur des musiques de tradition.

Le premier garçon avec qui tu danseras t'offrira une poupée pour te signifier que c'est la dernière et que tu rentres désormais dans la vie des grands.

Le deuxième garçon t'offrira une rose pour te dire :

« Ta nouvelle vie sera parsemée de fleurs mais aussi d'épines », et vous danserez ensemble.

Puis, la musique s'arrêtera. Sous les yeux des invités fiers de participer à ta fête, tu ôteras ta belle robe longue traditionnelle pour laisser apparaître une robe moderne à hauteur de tes genoux.

On déposera un grand gâteau dans tes bras et c'est sur une musique moderne que tu ouvriras le bal.

Tout le monde dansera jusque très tard, même parfois plusieurs jours. Si dans les quinze garçons choisis par toi, tu rencontres l'homme de ta vie, il sera ton mari l'année d'après.

Trouveras-tu l'amour de cette façon María Guadalupe ?

* * *

ÉPILOGUE DU VOYAGE

Même si je suis mélancolique à l'idée de quitter le Mexique, mes yeux et mon cœur ont tellement accumulé de bonheur, que je pense déjà à le partager avec les miens.

J'ai vécu une véritable histoire d'amour avec ce pays. Comme lorsque l'on tombe amoureux, d'un véritable amour authentique, l'on se reconnaît et l'on se voit dans les yeux de l'autre. L'on aime tellement l'autre que l'on finit par s'aimer aussi avec la même force.

Je me suis reconnue dans leurs yeux mais je ne m'y suis pas vue. J'ai compris et reconnu ce que je voulais être : humble et désintéressée.

Apprendre à savourer les petits bonheurs, sourire quoiqu'il advienne et donner sans rien en attendre : tels sont les secrets que j'ai ramenés précieusement dans mes bagages.

Lorsque je me verrai véritablement dans leurs yeux, c'est que je m'aimerai assez pour transmettre à mon tour le message de paix qu'ils m'ont offert.

Je vais mettre tout en œuvre pour que les portes s'ouvrent afin que je puisse réaliser la promesse que j'ai faite à María Guadalupe : écrire pour les enfants mexicains.

J'ai tenté de noter ce que j'ai vu et ressenti et non pas ce que j'ai pensé. Même si la différence ne représente qu'une infinie décimale, elle m'a permis de ne pas transformer la sincérité et la réalité des faits par des schémas de pensées bien établis dont nous sommes bien souvent inconscients.

Mon cerveau a entamé un cheminement que je n'aurais pu commencer en France. Pouvoir toucher la réalité concrète de la vie quotidienne des Mexicains et de m'en imprégner, les mots sont sortis de moi naturellement comme si j'avais toujours écrit. Je ne sais plus à quel moment je faisais face à ma propre vie, si c'était lorsque je quittais mon manuscrit ou lorsque j'y faisais face à nouveau.

Je ne crois pas avoir trouvé de mots littéraires suffisamment justes pour décrire mon admiration pour ce peuple, mais j'ai vibré à leur unisson.

J'ai reçu comme un cadeau leur joie de vivre et leur gentillesse. Je me suis sentie en osmose avec leurs couleurs flamboyantes et avec leurs musiques chaleureuses qui donnent une note supplémentaire à ce peuple fort.

Bientôt j'y retournerai. C'est une certitude.

* * *

TROISIÈME PARTIE

SOUPÇONS

Depuis déjà quinze jours Micha avait confié son manuscrit à Nino : très certainement il en avait pris connaissance, mais n'en avait toujours pas émis la moindre critique à Micha.

Oubli ou indifférence ? À la réflexion, s'il l'avait seulement parcouru, il aurait déjà prononcé le nom de María Guadalupe.

Depuis déjà deux nuits Micha ne dormait plus. Sous le prétexte d'une grande fatigue Nino se refermait sur lui-même.

Cette nuit-là elle ne put résister à effectuer le premier pas.

À trois heures du matin, elle s'extirpa doucement du lit conjugal et c'est à pas feutrés qu'elle regagna le sofa rouge du living. Elle se mordit les lèvres de ses dents toujours impeccables tandis que deux larmes incontrôlables zigzaguaient sur ses joues bronzées.

Après un instant de réflexion, elle se dirigea vers le secrétaire de Nino. Une intuition la poussait à découvrir ce qu'elle croyait déjà comprendre et qui la bouleversait.

Les effluves du nouveau parfum de Nino s'incrustaient dans son esprit telle une araignée dans sa toile, sans lui laisser de répit. Une autre femme dans la vie Nino ? C'était parfaitement inconcevable. Lui si prévenant, si aimant. Que s'était-il donc passé pendant son absence ?

Les recherches étant infructueuses Micha retourna à tâtons dans le lit. Elle gardait les yeux mi-clos, la tête enfouie au plus profond de son oreiller aux prises d'une angoisse insurmontable.

Une lumière pâle filtrait à travers la fenêtre en ce petit matin. Tous ses membres étaient engourdis. Son esprit à peine réveillé, déjà vagabondait : "Ne pas montrer mes doutes, prendre une attitude, jouer un rôle… il faut bien que j'oublie ce que j'ai laissé en suspens cette nuit, affronter le regard de Nino".

Résignée, elle se leva.

Pour ne pas laisser une trop grande place à la tristesse, elle se plut à visionner mentalement les clichés du Mexique : le regard et le sourire complice de María Guadalupe défilaient devant ses yeux et lui influaient la force de relativiser et de rester maître d'elle-même.

La sonnerie du téléphone la ramena à la réalité. Elle termina de coller une photo de vacances avant de décrocher l'appareil :

- Oui !

- Oh ! Excusez-moi, Nino est-il là ?

Micha prit le temps de saliver pour ne pas montrer son anxiété. Jamais elle n'avait entendu cette jeune voix :

- Non, à qui ai-je l'honneur ?

- Heu !... je rappellerai.

Micha se fit très douce. Comme une évidence, une phrase s'inscrivait en rouge dans son esprit : « La vérité est là, au bout de ce fil, il ne faut pas qu'elle m'échappe ! »

Elle inventa un stratagème :

- Comme vous voulez ! Je suis la femme de ménage, j'aurais pu lui transmettre un message.

- Ah !

Après un instant d'hésitation mêlé d'un soupir de soulagement :

- Je suis Manuela. On devait se retrouver comme d'habitude à dix-huit heures, mais j'ai un empêchement.

Micha crut défaillir mais d'une voix qui se voulait euphorique :

- Le nom de Manuela suffira ?

Un éclat de rire strident lui fit reculer l'appareil :

- Bien sûr ! Je suis sa fille.

- Évidemment ! Ne vous inquiétez pas, le message sera transmis.

* * *

Si la vie n'apprend pas comment exprimer noblement sa peine, elle ne donne pas non plus le mode d'emploi lorsqu'on ne sait plus si l'on doit pleurer ou rire devant une situation aussi absurde que déconcertante.

Micha connaissait enfin la vérité !

Le cœur rempli d'amour depuis le Mexique, elle était prête à aimer cette jeune fille soudainement parachutée dans sa vie.

De quoi avait donc peur Nino ? Pourquoi lui avoir caché sa fille issue de son premier mariage ?

Heureuse du dénouement de cette intrigue, elle prépara une surprise mémorable à son mari.

Au moment du dîner, Micha éprouva cependant une certaine inquiétude.

Étrangement plus disponible que les derniers jours, Nino se servit un apéritif tout en commentant les événements essentiels de sa journée, puis surpris marqua un temps d'arrêt devant la table :

- Tu as invité une amie ?

- Non, pourquoi ?

D'un œil interrogateur, il fit un signe de tête en direction des trois couverts.

Micha prit un air désinvolte plus vrai que nature :

- Ah ! Ça ? Non ! Étant donné que ta fille n'a pu se rendre à votre rendez-vous habituel, je me suis dit que ça te ferait plaisir de la voir ce soir, et puis… moi aussi !

Au fur et à mesure que Micha prononçait sa tirade savamment étudiée, le visage de Nino se décomposait : le bronzage dont il était si fier semblait disparaître dans un nuage blanc, tandis que ses yeux clairs laissaient place à un semblant de regard derrière ses paupières plissées. Il arpenta le dernier mètre qui le séparait du canapé en titubant et s'effondra tel un homme frappé par la foudre. Il prit la tête entre ses mains pour essayer de calmer le flot de questions qui se bousculaient dans son esprit : « Que sait-elle? Dois-je tout lui avouer? Pourquoi Manuela a-t-elle téléphoné? »

Micha de sa voix douce rompit le silence :

- Pourquoi me l'avoir caché Nino?

- Tu me pardonnes?

- Raconte-moi.

Même si ce n'était pas très fair-play d'être amusée en le voyant souffrir, elle sentait un fou rire naître en elle, mais le ravala sous une moue désolée.

Soulagée de ne pas avoir de rivale, elle regardait Nino tel un enfant pris en flagrant délit.

« Alors tu racontes? » semblait-elle vouloir dire en tapotant nerveusement du pied droit. Fatiguée d'attendre, elle prit une alternative :

- À table!

Le nez plongé dans son assiette sans regarder sa femme, il commenta :

- Toi et moi nous n'avons pu avoir d'enfant et j'ai pensé que cela te ferait de la peine.

Micha, prudente, n'apporta aucun crédit à ses propos et l'interrogea vivement :

- Quel âge a-t-elle ? Depuis quand la vois-tu ? Où réside-t-elle ? Sait-elle que tu es remarié ?

Nino contrairement à ses habitudes leva le ton :

- Cesse de me harceler avec tes questions. J'ai une fille, ce n'est pas un drame tout de même ! Oui je la vois de temps en temps, elle a vingt-cinq ans et un studio en ville. J'ai répondu à ta curiosité ?

Micha n'appréciait pas son changement d'humeur et le trouva grotesque : s'il y en avait un des deux qui avait le droit de se révolter, ce n'était certainement pas lui. Devant cette injustice elle cessa d'être tolérante :

- Puisque tu réagis de la sorte, je ne vois pas pourquoi je la recevrais.

- Elle n'a pas envie de te connaître, comme ça le problème est réglé.

Au moment où elle supposait qu'il voyait aussi son ex-femme, il rajouta :

- Sa mère est décédée depuis six mois. Elle avait besoin de me voir, tu peux comprendre ça ?

Micha trouva ses explications paradoxales et ne donna aucun échange à ces derniers propos.

* * *

Après de multiples compliments sur sa bonne mine, Micha retrouva un plaisir immuable à jouer du piano avec ses compagnes de musique. Son mal-être s'envolait au même rythme que les notes. Lorsqu'elle franchit le seuil de la porte, la responsable lui remit un paquet. Surprise, elle l'ouvrit aussitôt. Son cœur se mit à battre : quatorze lettres de Marco où, sur chaque enveloppe était inscrite la mention : premier jour sans toi, deuxième jour sans toi, etc., la quatorzième lui signifiait son déménagement sur Nice où il avait un nouveau contrat.

Ainsi Marco était près d'elle ! Il était son oxygène.

Touchée par ses attentions, Micha prit contact aussitôt avec lui. Elle avait besoin de rire, de lui parler de María Guadalupe, et surtout besoin d'oublier la froideur et les extravagances de Nino.

En l'espace de quelques heures, la musique et la tendresse s'étaient donné rendez-vous pour lui rendre sa joie de vivre.

Micha prenait conscience que la félicité était dans les rouages de l'existence mais qu'un grain de sable suffisait pour jouer et déjouer la marche du bonheur.

* * *

Marco était encore plus beau que dans ses souvenirs. Sans un mot il la serra tendrement dans ses bras. Plus que jamais elle appréciait sa douceur. Ses merveilleuses lettres lui avaient procuré beaucoup d'émotion. Désormais elle savait qu'elle pouvait compter sur lui.

Elle remerciait le destin de lui distiller des coups de pouce à chaque fois qu'il y avait urgence dans sa vie affective. Micha savourait la douce musique de ses déclarations. Elle entendait mais ne pouvait répondre. Son cœur, son corps ne savaient plus. Depuis des semaines des images obsédantes et délicieusement chaudes l'envahissaient : les muscles de Marco, son souffle chaud d'inavouables pensées, ses mots doux.

Séduire est une grâce, rarement une volonté. Même si l'élégance bourgeoise de Marco y était pour quelque chose, il avait ce petit plus inexpliqué qui rendait Micha prisonnière de lui, mais… elle aimait Nino !

* * *

Par désir de se dépasser, de se bousculer, contrairement à ses habitudes, Micha déambulait dans la foule ce samedi après-midi.

Elle laissait libre cours à ses pensées en observant les gens marcher nonchalamment pour s'arrêter, distraits, devant chaque vitrine. Elle ne cessait de se répéter : « Comment un homme écrivant des livres psychologiques et menant des conférences sur le même thème, a-t-il pu me cacher son enfant ? »

Grâce à l'amitié amoureuse de Marco elle ne jouerait pas les épouses meurtries. Cependant, quelque chose la tourmentait : pourquoi voyait-il sa fille aussi souvent ? Ce n'était plus une petite fille tout de même ! Pourquoi ne lui parlait-il jamais d'elle ?

Décidée d'en savoir davantage, elle commença à mener sa propre enquête.

Plus d'agenda sur le bureau de Nino. Plus d'appel de Manuela. Plus rien. Pourquoi tous ces mystères ?

* * *

LA RÉALITÉ

Tel un inspecteur privé et avisé, elle patientait dans sa voiture en attendant la sortie des bureaux de l'entreprise de Nino. Le suivre était la seule façon efficace de savoir enfin où il retrouvait sa fille.

Presque toutes les voitures avaient quitté le parking attenant. Après quarante-cinq minutes d'attente, résignée Micha inséra la clé de contact pour regagner leur domicile, puis se ravisa. Une Opel Tigra rouge se gara devant l'entrée. Une très belle jeune femme au corps de mannequin en descendit, le portable à la main. Après avoir conversé avec un auditeur invisible elle raccrocha et se retourna. Nino était là, à quelques mètres de Micha. De le voir si heureux lui fit mal.

Elle réprima difficilement une irrésistible envie de se manifester, mais se raisonna. Ce n'était pas le moment de trahir ses émotions.

Elle les suivit à distance. Pour lui ôter certains doutes inexplicables, une seule preuve lui était indispensable : le nom de famille de Nino sur la sonnette de sa fille puisqu'elle n'était pas mariée.

Arrivés devant une très belle résidence, Nino avec entrain sauta de son cabriolet pour rejoindre le véhicule de Manuela. Celle-ci descendue, Micha fut surprise de voir Nino ouvrir la portière côté passager pour s'engouffrer à l'intérieur de la voiture.

La surprise sidéra Micha : une petite-fille d'environ cinq ans serrait Nino par le cou, tandis qu'il la couvrait de baisers.

Micha ne comprenait pas. Était-il également grand-père ?

Passionnée de théâtre, elle trouvait cependant ce vaudeville de très mauvais goût.

* * *

Après un dîner silencieux Micha explosa :

- Je sais Nino que tu ne souhaites pas que l'on parle de ta fille, mais ce soir, j'exige des explications !

Micha ne pouvait concevoir un jour de plus sans connaître toute la vérité. Nino ne répliqua pas et elle en profita :

- Elle est mariée ?

Nino retint difficilement un sourire narquois :

- Mariée ? Non. Mais en quoi cela t'intéresse-t-il ?

- Alors pourquoi ne porte-t-elle pas ton nom ? En tout cas rien de tel sur les sonnettes de son immeuble.

- Micha ça suffit ! Tu es ridicule ! Tu l'espionnes ?
- Qu'est-ce qui est ridicule, que tu me mentes une deuxième fois ?
- Je ne te mens pas une deuxième fois. Elle est la fille de mon ex-femme, pas la mienne, mais elle m'a toujours appelé papa.
Micha s'entendit dire sans avoir eu le temps de réfléchir :
- Et maintenant elle t'appelle comment ? Papy ou chéri ?
- Ce serait trop long à t'expliquer.
- Mais j'ai tout mon temps !
Le silence était la seule arme que connaissait Nino pour se défendre et il en abusait. Vaincu il avoua :
- Lorsque je me suis marié avec sa mère, elle avait douze ans. À dix-huit ans, elle était amoureuse de moi. Je l'ai renvoyée avec fracas vers ces copains.
- Quel acte héroïque !
- Je t'en prie Micha ! Un soir de discussion orageuse ma femme a claqué la porte. Manuela en a profité pour me crier à nouveau ses sentiments. J'avais beaucoup trop bu : cette petite fille c'est ma fille.
Dans sa douleur, essayant d'être ironique, Micha répondit :
- Dis donc tu en as aimé du monde il y a cinq ans !
Puis après un court silence, Nino crut bon de rajouter :

- Elle a téléphoné à mon bureau une semaine avant ton départ.

Micha avait l'impression que son cerveau s'anesthésiait : *où est l'homme que j'ai connu et dont j'étais si fière il y a encore quelques jours ? Comment ai-je pu admirer celui qui a une fille et une maîtresse de vingt-cinq ans ? Sa joie de me voir partir au Mexique se résumait donc au prénom de Manuela ?*

Comme un phare protégeant au loin les marins, Micha n'avait jamais cessé de voir les yeux lumineux de María Guadalupe, de se nourrir de son sourire satisfait d'un rien. Son minois lui donna la force de dire :

- Nino, nous n'avons plus rien à nous dire. Je ne pourrai plus jamais vivre avec toi, prends tes dispositions.

Le port altier elle sortit de la pièce telle une actrice venant d'achever sa tirade sous les applaudissements, à la différence que Micha ne jouait pas un rôle de composition et personne n'était présent pour la soutenir.

* * *

Dans le hall de l'appartement de Micha les cartons de vêtements de Nino s'entassaient. Après de multiples conversations douloureuses ils avaient choisi d'un commun accord de divorcer.

Micha retira d'un ton ferme les bras de Nino qui voulaient enserrer sa taille.

- C'est mieux ainsi Nino.

Elle se dirigea vers la salle de bains. Après avoir entendu le claquement sec de la porte d'entrée, elle arracha ses vêtements un à un avec des gestes violents. Un flot de larmes et des sanglots bruyants se mêlait au bruit du jet d'eau calmant son cœur meurtri.

Il restait dans l'appartement sans bruit, un fantôme, un souvenir d'homme, une illusion d'existence, les dernières images d'un passé trop riche, trop difficile à supporter. Elle l'avait laissé partir sans esclandre.

Elle n'était plus qu'une ombre. Sa beauté italienne, ses yeux brillants, sa verve habituelle étaient en berne ce soir. Enveloppée dans une sortie de bain blanc, son visage paraissait encore plus livide. Sa bouche gonflée tremblait.

Tout était désormais inutile, les mots les gestes n'avaient plus le même sens. Elle était au bord du gouffre. À travers l'écran flou de ses larmes, elle vit Nino comme dans un brouillard, il se retournait puis partait pour se perdre dans sa nouvelle vie. Épuisée, elle s'endormit sur le sofa.

* * *

CRÉATION

Au petit matin le côté optimiste de Micha reprit le dessus.

"Promesse à María Guadalupe" étaient les mots inscrits en bas de la photo. L'emplacement qu'elle avait choisi l'obligeait à voir sa petite mine délicieuse, à chaque fois qu'elle pénétrerait dans le salon.

Fermement décidée à réussir son projet malgré l'absence de soutien de Nino comme elle l'avait imaginé, elle entreprit les premières démarches nécessaires. Internet était un progrès révolutionnaire dans le domaine des échanges de données et pour la première fois Micha l'expérimentait avec une grande satisfaction.

"Ambassade du Mexique littérature association enfants etc." Tels étaient les mots-clefs qui lui permettaient de rentrer dans un univers jusqu'ici ignoré.

La vie reprenait son cours. Même si le cœur de Micha était toujours en lambeaux, le temps qu'elle occupait à suivre son objectif, remplissait aisément ses journées.

Après s'être délassée dans un bain aux plantes apaisantes, elle brossait longuement ses cheveux noirs. Les quelques réponses reçues de divers organismes, la rendaient joviale : une fenêtre d'espoir s'ouvrait devant elle. Ce soir Marco venait la chercher pour dîner en ville, elle avait hâte de l'informer des dernières nouvelles.

Tandis qu'ils attendaient les apéritifs, Marco observait Micha.

Il nota un changement dans son regard : il avait pris de la maturité et son allure n'était plus la même. Habitué à la voir vêtue de robes originales et de bijoux onéreux, ce soir Micha était sans fard, sans subterfuge. Une ombre discrète sur les paupières, un léger rimmel sur les cils, une robe simple mais de très bonne coupe et une chaîne en or ras de cou étaient ses seuls artifices. Elle n'en était que plus belle et Marco ne résista pas au plaisir de la complimenter :

- Merci Marco. Je voudrais te parler de mon travail.

Il prit les mains dans les siennes :

- Nous sommes libres tous les deux maintenant.

Elle se contenta de sourire et poursuivit :

- De ma rencontre avec María Guadalupe est né un projet et c'est de cela que je voudrais te parler ce soir.

Marco leva son verre :

- Je trinque à tous tes souhaits Micha, raconte-moi !

- Les enfants mexicains m'ont bouleversée. Je me suis promis de leur rendre tout le bonheur qu'ils m'ont donné et je n'ai qu'une manière d'y parvenir : écrire !

- Explique-toi.

- Je voudrais effectuer un voyage par an pour leur raconter la vie des enfants d'ailleurs. Comme ils n'ont ni les moyens de voyager, ni de s'acheter des livres, je souhaite non seulement écrire un livre par an, mais créer une association. Le bénéfice d'un livre vendu me permettrait d'imprimer un deuxième livre qui serait distribué gratuitement aux enfants défavorisés. Contrairement à un ancien projet de Maximin, un ami de mon mari qui voulait aider les enfants du tiers-monde, les enfants mexicains savent lire car ils vont à l'école : les horaires sont très flexibles pour qu'ils puissent à la fois garder leurs propres frères et sœurs et étudier dans les contrées les plus reculées.

Marco ne l'avait point interrompue. Ses yeux admiratifs découvraient une Micha inconnue. Une femme dont il ne soupçonnait pas les qualités. Devant son silence elle se manifesta :

- Ça te paraît insensé ?

- Tu m'épates. Tu m'épates tout simplement.

- Plus sérieusement ?

- Je serai très fier de pouvoir t'aider à élaborer ton projet. Mais ton piano, tes concerts ?

- Je vais honorer ceux qui sont prévus bien évidemment. Après nous aviserons.

- Tu as dit *nous* ?

Micha prit une tangente en dissertant sur le choix des petits plats délicieux, mais Marco ne fut pas dupe.

Le bonheur ne dépend pas de nous dans sa résurgence ; on n'a pas la capacité de le commander comme l'on commande un repas. On s'engage dans un certain nombre de projets et dans la réalisation de ses fins, aboutie ou non, il y a des moments d'enchantement.

Micha ne pouvait attendre la concrétisation de ses souhaits pour échanger une once de félicité. Puisque son désir était d'aider les enfants mexicains défavorisés, et qu'elle n'exultait dans l'immédiat que par son talent de pianiste : elle organisa un petit concert pour les enfants. Pour ce, elle contacta l'institut des Petites Sœurs des Pauvres à Nice qui accepta de réunir les orphelins de la ville.

Les religieuses avaient élaboré des gâteaux multicolores et avaient décoré la salle de ballons dans des coloris joyeux rappelant ceux des habits mexicains.

Micha y voyait là un clin d'œil de « dame espérance ».

Les enfants tournaient fébrilement autour du piano blanc, attendant désespérément que la pianiste s'installât sur le petit tabouret. Deux claquements secs des mains de la religieuse mirent rapidement de l'ordre à tous ces bambins qui, tels des oiseaux sur leur branche, intrigués, fixaient silencieusement le piano en attente de la première note.

Un ange régnait en maître sur la salle. Micha fit une mise au point du siège et d'une envolée glissa ses mains agiles sur les noires et blanches. En osmose avec la musique de Mozart, le regard fasciné des religieuses ne quittait plus ses doigts d'or. La dernière note fut accompagnée d'un silence divin suivi d'applaudissements chaleureux.

Elle se rapprocha de chacun des enfants, pour partager leur goûter. Caressant tantôt leur joue tantôt leurs cheveux, elle recevait en plein cœur l'amour de ces visages rieurs et inévitablement celui de María Guadalupe.

Cette nouvelle vie qu'elle avait commencée sans Nino semblait si différente qu'elle avait du mal à s'y reconnaître.

* * *

Micha avait installé un rituel matinal : par la magie du progrès, deux pressions du doigt suffisaient pour permettre à son café d'embaumer la cuisine et à son ordinateur de se réveiller. C'est en savourant son petit déjeuner qu'elle prenait connaissance de son courrier reçu par l'intermédiaire de la mémoire électronique qu'était Internet. Comme un enfant range les premières images d'une collection, elle posait aussitôt les réponses intéressantes d'abord sous bristol puis dans son classeur :

"Nous vous remercions pour l'intérêt que vous portez aux enfants mexicains." Signé *: le Service Académique.*

Telle était la lettre qu'elle aimait le plus et la relisait sans se lasser. Micha ressentait à travers cette petite phrase simple, l'appui d'adultes mexicains qui croyaient en son projet et la soutenaient moralement : son courage s'en trouvait décuplé.

* * *

En ce jeudi matin, Marco vint rendre visite à Micha pour s'informer de l'évolution de son dessein. Touchée par sa sollicitude, elle éprouva du plaisir à se confier. Après l'avoir écoutée il se prononça :

- Ton projet est réalisable, Micha, mais il te faut écrire un premier livre. À propos où en es-tu ?

- J'en suis consciente Marco, mais je n'en ai que les prémices.

Elle se leva vers son secrétaire et lui confia le manuscrit que Nino avait survolé sans avoir eu le temps d'émettre le moindre commentaire.

- C'est intéressant, mais ce n'est pas assez volumineux. Tu crois pouvoir écrire environ cent cinquante pages sur ton voyage ?

- Uniquement si tu me soutiens !

Il se leva et prit le menton de Micha entre ses doigts l'obligeant à relever la tête et, droit dans les yeux, très sérieusement lui dit :

- Je suis avec toi pour tout Micha. Je te laisse juste le temps de le comprendre et de l'apprécier. Je ne t'influencerai jamais dans aucune de tes décisions.

Puis plus léger rajouta :

- Tu commences quand ?

- Dès que tu es parti !

Pour la taquiner, il fit mine de sortir.

- Un petit café peut-être avant ?

Il la serra dans ses bras :

- Je te promets une grande réussite Micha.

Écrire un livre, créer une association, rencontrer des assistantes pour distribuer les livres aux enfants, demandaient beaucoup de temps et d'énergie. Tout s'était mis en place malgré elle, pour qu'elle ne souffre pas trop des péripéties de sa vie sentimentale. Elle avait toujours été persuadée que chaque personne est là où sont ses pensées. En l'occurrence Micha était au Mexique. Une interrogation cependant restait sans réponse :

"Comment le regard d'une petite fille de deux ans a-t-il pu me bouleverser ainsi ?"

La seule chose dont elle était certaine c'était l'importance de sa détermination à ouvrir son cœur à ces enfants.

* * *

L'amitié est inouïe et unique, seul trésor que jamais l'or n'achètera. Nathalie était la seule amie sincère de Micha.

Revenue de voyage, elle avait appris avec stupéfaction les nouvelles bouleversantes de la vie de son amie.

C'est ensemble qu'elles s'installèrent dans un petit restaurant simple et calme pour bavarder en toute tranquillité et échanger les aléas de leurs voyages respectifs :

- Comme tu as changé Micha !
- Rassure-moi vite. En bien j'espère !
- La souffrance t'a rendue belle.
- Mais non ! Nathalie, c'est María Guadalupe.

Sa réputation de « femme jalouse » n'étant plus à faire, Nathalie exagéra ses propos pour donner une note d'humour :

- Où est cette rivale que je la scalpe ?

Puis, plus sérieusement :

- Raconte Micha, j'ai hâte de savoir.

Micha narrait sa rencontre avec María Guadalupe d'une telle façon, que Nathalie en eut les larmes aux yeux.

- Je te l'avais dit Micha, il faut croire en ton destin, même si en ce moment il est douloureux. Ton chemin n'a pas été tracé ainsi pour qu'il s'arrête maintenant. Je suis tellement heureuse pour toi ma chérie. Je suis là, tu peux compter sur moi.

Pour ne pas la blesser, Nathalie ne lui confia pas les propos qu'Arthur lui avait récemment confiés : jamais elle n'apprendrait le complot qu'avait monté Nino pour être certaine qu'elle partirait en voyage.

Son bonheur était trop beau à regarder, pourquoi l'entacher ? pensait-elle.

* * *

Depuis une semaine déjà, Micha planchait sur le manuscrit, mais lorsque Nino et sa nouvelle famille faisaient éruption dans son esprit, elle posait son stylo pour s'offrir une collation à la terrasse d'un salon de thé. Bien souvent ce palliatif était suffisant. Mais en cette fin d'après-midi c'est en pleurs qu'elle se retrouva chez Marco.

Sans un mot il laissa libre cours à son chagrin. Lorsqu'elle reprit ses esprits elle se confia :

- Je n'arriverai jamais à terminer mon livre, je mélange tout !

- Tu es trop tendue.

- Je suis sous tendue.

- Ce mot n'existe pas Micha.

- Maintenant il existe !

Devant son entêtement mêlé de chagrin, il intervint :

- Si tu le permets je peux t'épauler. N'oublie pas que je suis journaliste. Quelques tuyaux ça peut aider !

Le ton de Marco fit tomber la pression et Micha se laissa guider :

- Tu vas remplir quelques fiches et sur chacune tu vas y inscrire un mot-clef tel que : légende - scènes urbaines - paysages - monuments - arts - modes de vie - caractères humains. Ensuite tu notes tout ce dont tu te rappelles, tu verras comme le travail va être facilité.

Forte de ces idées pratiques, Micha fit de rapides progrès. Ce livre devait être bon pour plaire aux enfants. Trois mois suffirent pour terminer son ouvrage où quelques idées philosophiques sur la vie figuraient en filigrane.

Marco se remémora les confidences de Micha lorsqu'ils s'étaient revus pour la première fois en Italie : « Nino avait refusé d'écrire et donc a fortiori de s'inscrire au concours littéraire organisé par la ville de Nice. »

Il le lui rappela. Micha crut s'étouffer tant elle riait.

- Pourquoi cette hilarité Micha ?

- Tu es certain d'avoir lu mon manuscrit ?

- Tu n'aimes pas ce que tu as écrit ?

Elle se surprit à répondre par l'affirmative.

- Alors je ne comprends pas, réitéra-t-il l'air sérieux.

Elle se rapprocha de lui :

- Tu crois qu'il y a une chance sur mille ?

- Non, il n'y en a aucune. D'ailleurs, très franchement tu ne devrais plus jamais écrire.

Il lui sourit. Elle comprit.

* * *

Les jours qui suivirent semblaient posséder moins d'heures qu'à l'accoutumée. Pour que Micha puisse satisfaire à tout le travail qui trônait sur son bureau, il aurait fallu les multiplier par deux ou trois : montage d'une association, contact avec d'éventuels sponsors et visite chez quelques imprimeurs pour la naissance de son premier livre.

En ce lundi matin, elle déposa son manuscrit au service littéraire de la ville avec beaucoup de tendresse. Puis, comme une mère s'inquiète du départ de son enfant, elle sentit monter en elle une angoisse grandissante au fur et à mesure de la journée.

Son écrit ne lui appartenait plus. Il avait désormais un nouveau destin. Mais, cet enfant-là n'était pas ordinaire. Il avait été conçu certes avec amour, mais il portait en lui une mission : celui de donner du bonheur aux enfants mexicains.

Micha avait une drôle de façon de parler de son futur livre à Marco. Il lui arrivait de le comparer à un jardin :

« J'ai parsemé mon champ de fleurs en espérant que mes phrases seront des bouquets légers ».

Ou bien à la mer :

« Lorsque viendra le temps de la récolte, je saurai que la barque n'était que coquille sur l'eau, si elle ne m'emmène pas loin dans mes voyages et que je ne vois pas dans la mer des sourires d'enfants mexicains. »

Même si Micha était persuadée de n'obtenir aucune reconnaissance honorifique, un certain espoir, certes insensé, nichait au fond de son cœur.

Il était la pierre angulaire de tous ses espoirs.

* * *

TÊTE RELEVÉE

Dans sa solitude, Micha regardait ce soir-là, songeuse, le coucher de soleil. Ses yeux pétillaient d'émerveillement, ses lèvres traduisaient sa béatitude. Allongée sur le lit, les mains sous la tête, elle laissait le temps s'enfuir et visualisait son voyage au Mexique.

Elle pouvait rester longtemps à fixer la fenêtre, attendant, savourant et regrettant l'instant envolé mais chaque moment vécu dans cette chambre conjugale était un lourd combat. D'habitude elle savait deviner ses émotions en tout genre, les reconnaître, les gérer et les assumer. Se jeter à corps perdu dans ce projet depuis qu'elle était revenue était plus que jamais indispensable à sa survie.

Au fil des minutes, elle forçait son cœur à y croire, comme l'on demande à une voiture de bien vouloir ronronner même lorsque le moteur est épuisé. Mais c'était le désespoir qui naissait indiciblement.

Consciente de cela, dans sa faiblesse, elle l'autorisait à s'installer. Elle l'écoutait : « *Laisse couler tes larmes, Nino ne t'aime plus. N'espère pas obtenir un prix. Tu ne retrouveras plus María Guadalupe, tu es toute seule maintenant, c'est ça la réalité* ».

Micha se leva avec difficulté, comme si elle avait pris cinquante kilos d'un coup. Comme un automate elle se dirigea vers le bar du salon. Même la photo de María Guadalupe n'avait aucune prise sur elle. Elle entama un monologue devant le grand miroir du living, épaules abaissées, riant d'elle-même :

« *Écrire pour les enfants ! Je me suis tellement bien joué la comédie que j'y ai cru. Je ne suis bonne à rien à part jouer du piano.*»

Le deuxième whisky lui enleva toute inhibition :

« *Je te déteste Nino ! Je suis devenue laide sans toi.* »

Les verres se succédèrent tandis que les rires et les larmes se partageaient allégrement la dépression de Micha.

Pour soulager ses maux de tête, dans l'automatisme de ses gestes incertains, elle avala des cachets sans en regarder le nom et rejoignit son lit en titubant.

* * *

Dix-huit heures ! Au bruit de clés, Micha bougea dans son lit. Des sons étranges, des mouvements flous, des images confuses et incohérentes, sans suite logique parvinrent à son esprit.

Puis tout à coup des bruits de voix venus d'ailleurs. Micha reprit peu à peu conscience. Elle reconnut Marco et referma les yeux.

- Micha mon Dieu !

Il la secoua sans succès. Affolé, il téléphona aux pompiers qui la transportèrent à l'hôpital.

Marco ne quitta pas sa chambre un seul instant. En ce matin du deuxième jour, Micha murmura :

- Depuis combien de temps suis-je ici Marco ?

- Micha ! Comment n'ai-je pas vu ta souffrance ?

- Pardon Marco !

Tu n'as pas à me demander pardon. Ce n'est pas une honte de souffrir, Micha. Lorsque je t'ai quittée tu rayonnais de bonheur !

- J'ai trop gardé mes pleurs à l'intérieur, mais je te promets de ne pas recommencer.

- Tu vas venir habiter chez moi quelque temps. Tu auras ta chambre.

- Je ne pense pas que ce soit une bonne idée.

- Micha laisse-moi t'aider.

* * *

Après avoir dîné, il a aidé Micha à s'allonger sur le lit. Il s'est mis à embrasser ses épaules, ses seins. Elle s'est abandonnée. Ses caresses réveillaient ses sens. Elle l'embrassait en laissant courir ses mains sur son corps. Il lui a souri. Elle a fermé les yeux. Ils ont senti monter le plaisir et se sont aimés à l'unisson pour la première fois.

Amants et amoureux Micha et Marco s'endormirent dans les bras l'un de l'autre sans prononcer le moindre mot.

* * *

Depuis quatre jours que Micha vivait chez Marco, elle réalisait combien elle avait eu raison d'accepter son invitation. Cet intermède de vie à deux, lui ouvrait les yeux. Elle prenait conscience qu'elle avait besoin de vivre seule, pour mille et une raisons qu'elle expliquait dans une lettre à Marco.

Cher Marco,

Merci infiniment pour tant de sollicitude. J'ai des sentiments forts pour toi mais je ne les reconnais pas encore, trop d'événements ont chamboulé mon cœur. Je sais aujourd'hui que j'ai besoin de vivre seule et pour m'aider à dépasser cette souffrance j'ai décidé de l'accueillir positivement en changeant ma façon de penser :

Le mot seule ne doit plus être un poids mais devenir une délivrance. Seule dans mon lit non plus pour pleurer mais pour y écrire toute la nuit et allumer la lumière cent fois si ça me chante. Seule pour avoir le temps de me perfectionner en espagnol. Seule pour apprendre à jouer de la guitare convenablement, pour accompagner les chants mexicains.

Lorsque j'étais petite j'avais un cahier "déjà!" où je notais tout ce que je voulais faire dans ma vie pour pouvoir dire dans ma vieillesse : « J'ai réussi ma vie ».

Je n'ai pas rempli le quart de ces désirs.

Je n'ai pas fait le tour de la planète mais je l'ai promis à María Guadalupe et à tous ses frères mexicains pour qu'ils connaissent leurs frères et sœurs du monde entier.

Tu vois Cher Marco, je ne peux pas vivre en couple, pas le temps !

* * *

PROMESSE TENUE

La mer murmure à mes pieds. Le soleil est chaud et caresse ma peau. Le vent entame une chanson de ma jeunesse et j'oublie mon âge. Le goéland joue avec la vague qui vient balayer les galets de la plage.

J'imagine que tu es là María Guadalupe avec ton seau et ta pelle pour qu'ensemble nous bâtissions nos rêves sur un coin de sable.

Marco lisait pour la troisième fois ces quelques lignes inscrites sur le carnet de Micha.

Il se souvenait très bien de ce jour là…

Il l'avait rejointe à la plage pour déjeuner. Depuis quelque temps son sourire n'avait plus de rides. Tout à son projet, chaque jour était un jour d'espoir.

María Guadalupe était rentrée dans sa vie avec le cœur de Micha qu'il renonçait à conquérir. Il l'aimait assez pour vouloir son bonheur mais il gardait secrètement espoir.

Il l'avait raccompagnée chez elle. Presque comme un rite, pour le remercier de lui avoir appris à concocter et aimer le café italien, ils en partageaient un en début d'après-midi.

Son visage s'était figé lorsqu'elle avait ouvert le courrier : dans ses mains une lettre de Nino ! Après plusieurs refus il avait accepté de la lire.

En fin des deux pages manuscrites, il lui demandait pardon et l'informait qu'il avait fait le nécessaire pour l'enfant. Le dernier paragraphe insistait pour qu'elle accepte de reprendre leur vie de couple et, bien évidemment, il terminait par une déclaration d'amour.

Il savait qu'elle guettait le moindre de ses gestes. Il ne pouvait décider pour elle, mais ce dont il était certain c'est que sa belle humeur de vivre irait se réfugier aux abonnés absents et qu'une dépression la rejoindrait très rapidement.

Devant son silence elle avait dit :

- Je sais que tu m'aimes Marco, mais dis-moi ce que je dois faire.

Il avait pris ses mains dans les siennes :

- C'est vrai Micha, mais si je ne me suis jamais permis de t'influencer avec mes sentiments, alors !

Micha avait approuvé d'un hochement de la tête, puis d'un ton plus léger avait répliqué :

- Après tout je ne suis pas obligée de répondre immédiatement !

Puis l'esprit embué, machinalement, tout en sirotant son café à petites gorgées, avait continué à lire son courrier silencieusement.

Tout à coup, elle s'était jetée à son cou et avait dit incrédule :

- Je savais ! Je savais !

Puis :

- Marco ! Marco ! C'est une lettre du Mexique.

C'est un sponsor qui m'écrit, il accepte mon projet ! Je vais partir !

Des rires pleins les larmes, loin déjà, Micha monologuait :

- María Guadalupe, je savais que je reviendrais. Cela ne pouvait être autrement.

Puis se rappelant sa présence :

- Je te fais de la peine ?

- Non Micha, je ne veux que ton bonheur.

Puis, la gorge nouée rajoutait :

- Je viendrai te voir.

- Bien sûr ! Pardon d'être euphorique Marco, mais la chance a tourné, la vie va reprendre. Puis sans transition rajoutait : sois patient !

Il n'avait pas répliqué mais sa vie venait de reprendre un second souffle, une fleur venait de naître dans son champ brûlé par la douleur de ses sentiments et de l'inévitable proche absence de Micha.

Dans une robe simple à volants, elle ressemblait à une jeune fille venant de recevoir une déclaration d'amour. Elle avait soudain dix-huit ans !

Lorsqu'il l'avait quittée c'est après-midi-là, il constatait avec félicité qu'elle ne s'était plus inquiétée pour Nino. Sa peine et son angoisse s'étaient envolées en même temps que l'avion qui se reflétait déjà dans ses yeux.

Son angoisse n'avait duré que le temps d'une chanson "The Power of Love" de Céline Dion, que le transistor avait murmuré.

* * *

Les événements qui suivirent lui avaient rendu une Micha extraordinairement active. Plus rien n'existait que son départ. Elle lui confiait les dernières nouvelles de son projet : un studio lui était alloué pour quelques mois et deux personnes l'attendaient à son arrivée. Une était le bras droit du sponsor, l'autre un traducteur.

Il la regardait évoluer avec émotion.

Cinq mois à peine s'étaient écoulés depuis le retour de son premier voyage au Mexique. Ses fidèles complices, dont certaines aux couleurs vives et bariolées rappelaient la joie mexicaine, trônaient déjà dans sa chambre : chaque valise avait sa raison d'être.

Sans hésiter elle avait annulé quatre concerts importants : plus rien n'avait d'intérêt, plus rien ne pouvait l'arrêter.

Tout comme les bagages de Micha, la joie de vivre de Marco avait immigré. Un néon s'allumait dans sa tête et inscrivait des « Je t'aime » qu'il éteignit aussitôt pour essayer de trouver le sommeil.

* * *

J'ÉCRIS POUR EUX

Une semaine avait été nécessaire à Micha pour se familiariser à la fois avec son travail et l'ambiance des rues mexicaines.

En ce samedi, Diego, le bras droit du sponsor, l'avait guidée tout en lui communiquant des informations utiles :

- Il faut que tu apprennes comment fonctionne le système. Ton livre est terminé, il faut avancer vers l'étape suivante : une fois qu'il sera édité, nous l'imprimerons en un nombre suffisant pour assurer ta promotion au salon du Livre de Guadalajara en février et pour pouvoir les distribuer dans les librairies. Une annonce importante sera communiquée pour que ton association soit connue.

Puis, lui donnant la main :

- J'ai une surprise pour toi. C'est ici.

Il l'entraîna sur la pointe des pieds au fond d'une grande salle.

- Ferme les yeux.

Micha comprit à l'odeur d'encre et de papier, aux bruits des machines, qu'elle se trouvait à l'intérieur d'une imprimerie. Elle s'impatientait à l'idée de voir la maquette de son livre :

- Ouvre-les !

Diego, fier de l'effet surprise qu'il lui procurait, brandissait de ses deux mains, un livre achevé.

« Escribo para ellos » ***(J'écris pour eux)***.

À la quatrième de couverture, figurait la photo de Micha avec des enfants mexicains.

- Ce n'est pas possible ! Déjà terminé ! Quel travail !

Comme les couleurs sont belles, c'est un bijou ! Puis retournant le livre pour la troisième fois, incrédule, elle poussa un cri de surprise lorsqu'elle lut, au bas de la couverture, près de son nom : « Premier Prix Littéraire attribué par la ville de Nice ».

- Mais comment avez-vous su ? Comment est-ce possible ? Vous permettez que je vous embrasse Diego ?

- C'est un honneur pour moi Madame Micha. C'est un certain monsieur Marco qui nous a transmis la nouvelle.

Elle le prit dans ses bras et ne cessa de le remercier.

- Vous ne pouvez imaginer quel beau cadeau vous me faites aujourd'hui Diego.

- C'est moi qui vous remercie, au nom de tous les enfants mexicains.

Comme un précieux trésor, Micha tenait le livre contre son cœur. Deux cents pages de mots réunis, suffiraient-ils pour permettre aux enfants mexicains de découvrir une partie du monde ?

* * *

Quel beau dimanche ! Un jour tout en fête, avec une brise légère qui fait voler les tissus des robes et chanter le feuillage des arbres. Micha marchant en direction de la cathédrale de Mexico lisait du bonheur sur les visages. Des sourires sur les peaux bronzées des belles Mexicaines aux envols de pigeons au son des mariachis, un air de jubilation régnait dans la nature. Le panorama était digne d'un grand peintre : si le grand génie de Cézanne était venu au Mexique il aurait réussi d'étonnants tableaux.

Chaque pas resserrait davantage le cœur de Micha. Son espoir de revoir María Guadalupe, au pied de l'arbre où elle l'avait quittée, s'amenuisait à mesure qu'elle se rapprochait de la cathédrale.

Comme lorsque l'on défait le ruban d'un paquet cadeau, c'est avec précaution qu'elle poursuivait son allure. Elle n'essayait point de fendre la foule comme la toute première fois. La certitude de revoir les yeux de María Guadalupe, de la recevoir comme un très beau présage de bonheur, s'effaçait discrètement.

À quelques mètres de l'arbre où elle l'avait rencontrée, elle se figea. Retenant une irrésistible envie de pleurer, une douleur violente s'enfonça dans sa poitrine « *Tu ne croyais quand même pas qu'elle t'attendrait ici !* » lui dictait cette petite voix tellement réaliste.

Elle s'appuya contre les grilles de la cathédrale pour ne pas défaillir. Dans les larmes de son cœur on pouvait entendre : « *Où es-tu petite poupée ?* »

Le visage défait, elle traîna ses pas vers le Zocalo. La foule y était toujours aussi dense. Elle reconnut la gentille dame qui lui avait recommandé de mettre son chapeau pour se protéger du soleil; elle lui adressa un sourire timide qu'elle lui rendit. À l'ombre de l'enceinte de la cathédrale des enfants en bas âge, surveillés par les parents, jouaient.

Micha leur jeta un regard vague et attristé quand soudain un objet l'attira : le pantin bleu. Serait-ce celui de María Guadalupe? Un espoir insensé mêlé de certitude jaillit en elle.

Comme elle aurait suivi un sauveteur en pleine mer, elle marcha en direction du jouet sans le quitter des yeux. Lorsqu'il fut à ses pieds, elle tourna son visage et reconnut le papa de María Guadalupe. N'osant l'interpeller, elle dirigea sa vue dans la même direction que lui.

À quelques mètres, la poupée était là! María Guadalupe sautait sur ses petites jambes autour de cailloux savamment placés par des plus grands sans doute.

Le cœur battant à tout rompre, comme si elle avait peur de faire du bruit, elle se dirigea vers elle à tout petits pas, s'agenouilla pour être à sa hauteur et dit d'une voix très douce :

- ¿ Buenos dias cariño, quieres siempre mi muñeco azul ? (*Bonjour ma chérie, tu aimes toujours mon pantin bleu ?*)

María Guadalupe leva la tête, le regard fermé. Devant le sourire de Micha, qu'elle reconnut immédiatement, elle ouvrit grand ses bras, comme si elle n'attendait qu'elle.

Micha la souleva de terre. Elles se serrèrent longuement l'une contre l'autre. Elle lui murmurait, sa joue contre la sienne :

- Mi muñeca ves, he regresado ! (*Ma poupée tu vois, je suis revenue !*)

Ensemble elles rejoignirent le père qui se leva pour la saluer :

- Buenos dias senôra.

Micha posa María Guadalupe. Celle-ci prit aussitôt le pantin et, à travers son merveilleux sourire, dit à son père tout en posant sa main dans celle de Micha :

- La señora de mi muñeco papa ! (*La dame de mon pantin papa !*)

Micha comprit dans le regard de l'homme qu'il venait à peine de la reconnaître. Il souleva la casquette et son visage se transfigura. Il la salua à nouveau.

- Todos los diás, vendré por un besito (*Tous les jours, je viendrai pour un bisou*).

Micha étreignit María Guadalupe et salua le papa.

- ¡ Hasta a mañana ! (*À demain !*)

María Guadalupe manifestait sa joie en sautillant sur ses jambes tout en agitant sa petite main en guise d'au revoir.

* * *

LE TÉLÉGRAMME

« J'ai retrouvé María Guadalupe - Mon bonheur est inexplicable. Quand viens-tu ? Tendresse. Micha. »

Le télégramme brûlait les doigts de Marco. « Micha je t'avais promis une réussite » murmurait-il tout en se servant un cocktail pour fêter l'événement.

* * *

C'est avec sérénité que Marco attendait l'heure du décollage. Dans ses bagages de précieux cadeaux pour Micha, dont un qui la ravirait plus que tout : le chèque obtenu par le centre culturel de Nice, avec la remise du prix littéraire.

Il se souvenait, bien installé dans l'avion, du jour où, par hasard, il avait rencontré Nino. Il avait tellement eu l'occasion de voir son portrait chez Micha qu'il n'avait pu se méprendre. Une jolie petite fille lui donnait la main, tandis qu'une jeune femme lui serrait l'autre. Il s'était bien vite consolé de ne pas avoir obtenu de réponse de Micha ! Quel rustre ! pensait-il. Que de peines évitées à Micha ! Elle avait bien eu raison de suivre son intuition et de continuer à poursuivre la route de ses rêves.

Il savait déjà que si elle lui demandait de rester près de lui, il n'hésiterait pas quant au choix de ses priorités.

« Mais qui m'établirait un contrat de journaliste, se demandait-il, alors que je ne parle pas espagnol ! »

Sur ces interrogations, la sagesse l'emporta : il comptait bien profiter de ces quelques jours avec Micha - même si ce n'était qu'un voyage d'amour à sens unique - et une perspective de chagrin à son retour.

Marco était si heureux d'avoir l'honneur de partager les bonheurs de Micha. Il s'impatientait déjà de rencontrer María Guadalupe. Il essayait de mieux l'imaginer à travers le minois des enfants mexicains qui déambulaient dans les couloirs de l'avion. Fatigué de ses derniers reportages à l'étranger, il s'assoupit.

* * *

Micha n'en finissait plus d'étreindre Marco. À la sortie de l'aéroport, il fut surpris par le soleil brûlant. Il eut un geste de recul et mit ses lunettes de soleil.

Micha souriait et, joyeuse, dit :

- Tu t'y feras ! Ici tout est coloré et fort : la musique, les couleurs, les gens. Mais d'une force dont tu ne pourras plus bientôt te passer !

« Que voulait dire Micha ? » s'intriguait Marco. Sans répondre, il enlaça ses épaules d'un geste tendre.

Comme elle a encore changé ! pensait-il. Un bermuda, un tee-shirt simple et une tresse pour discipliner ses longs cheveux noirs. L'absence totale de maquillage sur sa peau bronzée la rendait belle et resplendissante de santé.

* * *

Après un bon repas qu'elle avait concocté, Marco la prit tendrement dans ses bras comme une enfant à qui l'on va annoncer une surprise :

- Je crois que j'ai un cadeau qui va te plaire Micha !

- Marco ta présence est le plus beau des cadeaux.

Fouillant dans sa poche, il en extirpa lentement une enveloppe :

- Tu es certaine ?

- Des photos ?

Plus impatient qu'elle :

- Ouvre Micha !

- Un chèque de mille dollars grâce au prix littéraire ?

- J'oubliais de te féliciter Micha.

- C'est grâce à toi Marco, tu m'as tellement soutenue.

Puis plus expansive :

C'est merveilleux Marco, nous allons profiter tous ensemble de cet argent !

Intrigué, écarquillant les yeux, il la taquina :

- Tous ? Tu as déjà une horde d'admirateurs ?

Elle s'esclaffa :

- Nous deux et les enfants et surtout María Guadalupe.

Marco ne comprenait pas trop, mais suivait le rythme. Si Micha avait perdu tout désir d'agir pour plaire à des admirateurs, sa fougue du travail et son envie de donner de la joie s'en trouvaient décuplées.

- Madame Micha est surprenante et si généreuse ! dit Diego, après avoir été présenté à Marco.

Marco acquiesça de la tête. Ému et fier à la fois il se demandait par quel miracle l'ancienne Micha, qu'il aimait déjà, avait bien pu se transformer ainsi ?

* * *

Tu me regarderas à distance Marco ; ensuite je te ferai signe. Je ne veux pas l'effrayer.

María Guadalupe jouait à l'endroit habituel, celui où il y avait le plus d'ombre. Comme chaque jour depuis qu'elles s'étaient retrouvées, elle la prit dans ses bras et l'embrassa. Après seulement l'avoir appelée discrètement de la tête, Marco s'approcha :

- Este es mi amigo. ¿Quiere un besito ? (*C'est mon ami. Tu veux un bisou ?*)

Elle serra ses petits bras davantage autour du cou de Micha et tourna la tête.

- ¿ Quieres venir a pasear el domingo conmigo? (*Tu aimerais venir te promener avec moi dimanche ?*)

- Si, murmura-t-elle.

Elle l'embrassa une dernière fois et se rapprocha de son père pour lui proposer d'emmener María Guadalupe le dimanche à la mer. Pour le rassurer elle lui précisa que l'association des enfants était représentée par Diego pour la traduction, et que ce dernier viendrait le rencontrer dès le lendemain. Elle lisait dans son regard une grande tristesse mais aussi un grand amour pour sa petite fille.

Une interrogation restait cependant sans réponse et avec beaucoup de douceur, Micha demanda :

- ¿ Su mujer está contenta? (*Votre femme est contente ?*)

- Hace un año que la mamá de María Guadalupe ha muerto. (*Il y a un an que la maman de María Guadalupe est morte*).

Puis, ayant franchi le cap des confidences, Micha insista :

- Tiene usted un trabajo ? (*Avez-vous un travail ?*)

- No. Soy cocinero, no tengo trabajo. (*Non, je suis cuisinier mais je n'ai pas de travail*).

C'était donc cela l'air si lointain parfois de María Guadalupe ! Elle n'avait pas de maman ! C'était donc cela le secret de la tristesse de son papa ? Micha éprouvait encore davantage de compassion pour ces deux êtres : ils étaient sa première famille mexicaine. Elle s'occuperait d'eux avec tout l'amour dont elle était capable et élaborait déjà des projets.

* * *

On se calme les enfants ! criait le guide en espagnol. Trente enfants d'environ sept ans, effectuaient leur premier voyage en dehors de Mexico. Grâce au chèque du centre culturel de la ville de Nice, ils se baigneraient dans la mer du Golfe du Mexique !

Pour les calmer, après le déjeuner et le baptême de l'eau, le long voyage les ayant épuisés, Micha les installa sur des bancs à disposition sur la plage, leur distribua cahiers et crayons pour dessiner un souvenir de leur journée.

Les trois ans de María Guadalupe n'avaient pas résisté à la chaleur : sur une natte, elle dormait à l'ombre d'un grand arbre.

Les enfants surveillés par le guide, Marco et Micha en profitèrent pour marcher seuls dans le sable et se baigner à l'écart des yeux indiscrets.

Sur le chemin du retour le guide annonça :

- Madame Micha, j'ai réuni tous les dessins.

- Je vais les regarder et ensuite je leur rendrai, c'est pour leur maman !

Tous les enfants éclatèrent de rire.

- J'ai dit quelque chose de drôle ?

- Oui ! crièrent tous les enfants à l'unisson.

Le guide s'approcha de Micha :

- En fait il n'y a qu'un seul dessin !

Micha le prit en mains et essuya des larmes sous le coup de l'émotion. Les enfants sidérés se turent, désarmés par ce qu'ils croyaient être de la peine.

- Ne soyez pas tristes mes chéris je pleure de joie !

Micha se leva pour les embrasser un par un.

Marco assis à côté d'elle, observa le dessin :

Le sable - la mer - des enfants - des livres sur la plage et en dessous une inscription « A nostra madre lectura » (*À notre maman de lecture*).

Des sentiments de fierté pénétrèrent dans la poitrine de Marco.

Lorsque Micha revint s'asseoir, elle observait avec tendresse le tableau : María Guadalupe endormie dans les bras de Marco, sa petite main sur la sienne.

Son cœur se pinça à l'idée qu'il allait bientôt repartir.

Pour ne pas réveiller le passé, elle n'avait pas encore osé lui montrer le document de son divorce. Elle était désormais libre.

* * *

JOURNÉES PARTICULIÈRES

Le samedi est un jour totalement différent des autres. « Conocimiento de mis hermanos » (Connaissance de mes frères) pour la traduction, est le nom qu'à l'unanimité, les enfants ont donné à ce cours. Tandis que ce jour-là leur présence n'est pas obligatoire, paradoxalement aucun ne manque à l'appel.

Dans chaque classe a été distribué gratuitement le Livre de Micha : « Escribo para ellos » relatant la vie des enfants français.

En semaine, à l'école primaire, les cours ont lieu du lundi au samedi, sans jour de repos au milieu de la semaine et ce, six heures par jour. L'éducation primaire est obligatoire et accueille les enfants à partir de six ans, tout comme l'enseignement secondaire qui comprend trois années d'études.

Micha avait remarqué lors de la première rencontre où elle avait réuni tous les enfants, que les plus grands, plus rapides d'esprit, n'accordaient pas assez de temps aux enfants plus jeunes, tout aussi passionnés. Depuis, elle rencontrait deux samedis par mois les enfants de l'école primaire et les deux autres samedis étaient consacrés à ceux du cours secondaire.

D'un samedi à l'autre, les enfants avaient le temps de préparer leurs interrogations.

Ils avaient tous soif de dépasser les frontières de leur imaginaire et les questions bondissaient sur les murs pour atterrir dans le cœur de Micha.

Elle en avait noté quelques-unes sur son petit carnet :

« Vont-ils à l'école ? Que mangent-ils ? Comment s'habillent-ils ? Quels sont leurs jeux ? Ils ont des cinémas ? Il pleut en France ? Ils pratiquent une religion, des rites ? Les garçons vont à la guerre ? Sont-ils riches ou pauvres ?

Micha exaltait devant la jubilation qu'ils mettaient à participer à cette rencontre hebdomadaire. Le plus grand d'entre eux avait demandé dès le premier jour « Les enfants français vont-ils aussi nous connaître ? »

Elle avait répondu par l'affirmative. De là était né un livre qu'elle était en train de terminer.

Son père lui avait appris la plus belle des maximes : « Conduis-toi comme une déesse en tenant tes promesses. »

Ce sont leurs regards qui avaient entraîné Micha au Mexique ! Chaque jour elle y décelait davantage de paix et de bonheur.

Vivre en osmose avec les enfants mexicains souriant sans cesse à la vie, la comblait.

Dans toutes leurs questions se dessinait une inquiétude : « Les enfants d'ailleurs sont-ils aussi heureux que nous ? »

L'amour et la sagesse dominaient tant au Mexique, qu'elle ne pouvait plus vivre ailleurs.

* * *

SIX MOIS APRÈS...

Cent soixante personnes environ sont réunies dans la grande salle des fêtes de Mexico. Tout le personnel de l'association : le sponsor, Diego son bras droit, le traducteur, et deux secrétaires ; les amis de Micha rencontrés lors d'un salon littéraire, le professeur d'espagnol, le papa de María Guadalupe, un photographe de l'Ambassade Française au Mexique, et un journaliste mexicain.

Deux demoiselles d'honneur vêtues de jaune paille et María Guadalupe quatre ans, en robe blanche avec des jolies fleurs dans les cheveux, jouent avec les confettis.

Micha dans un tailleur jaune pastel, la tête recouverte d'une capeline blanche très joliment entourée de fleurs naturelles jaunes, survole tendrement du regard les invités. Assis à côté d'elle, dans un costume gris perle et cravate jaune pâle, son mari qui ne cesse d'embrasser sa main.

Marco est le plus heureux des hommes. Il connaît désormais parfaitement l'espagnol et gère l'association de Micha. Suite au premier voyage au Golfe du Mexique, il a donné l'idée de prélever un peu sur les bénéfices pour arranger un voyage par mois afin qu'il y ait d'autres enfants privilégiés. María Guadalupe devenue la mascotte des enfants, y participe à chaque fois.

Tous viennent d'assister à l'office de leur mariage et sont réunis pour le dîner.

Le père de María Guadalupe engagé comme cuisinier dans l'association, s'occupe seul de tout le repas du mariage. Il a obtenu l'accord de Micha pour improviser le gâteau. Elle lui a accordé sa confiance et il en est très fier.

À l'heure du dessert, les musiques diminuent de plusieurs décibels pour donner plus d'importance à la pâtisserie géante qui traverse la salle sur un immense chariot.

Les invités applaudissent tandis que Micha et Marco se serrent la main à s'en faire mal pour éviter de pleurer d'émotion. Un énorme gâteau en forme de livre défile sous les lumières légèrement tamisées. Les invités retiennent leur souffle, jusqu'à ce que dans un roulement de tambour, d'un jet, la lumière se rallume !

La surprise laisse l'assistance sans voix !

La quatrième de couverture du livre saute pour laisser apparaître María Guadalupe vêtue d'une tenue blanche de ballerine, brandissant un panneau à la main où l'on peut lire :

« Gracias de todos los niños mejicanos. Te queremos. »

(*Merci pour tous les enfants mexicains. Nous t'aimons.*)

La salle crépite sous les applaudissements et la musique reprend ses octaves. Les invités se lèvent pour embrasser les mariés.

Avant qu'ils n'atteignent leur table, Marco a le temps de glisser à l'oreille de Micha :

- De tous les cadeaux, les enfants sont les plus beaux.

- Ils sont désormais notre famille Marco.

* * *

Sommaire

Pages